# 花唄の頃

くらまし屋稼業

今村翔吾

時代小説文庫

角川春樹事務所

# 序章

今年もついに大晦日《おおみそか》となった。流石《さすが》に今日は外を出歩く者も少ないとみえ、町はひっそりと静まっている。いつもよりも音が大きく聞こえるのはそのせいかもしれない。昨日までは暖かかったのに、今日になってぐっと冷えて年の瀬らしくなった。

歳を重ねれば重ねるほど一年が短く感じる。若い頃は早く時が過ぎて欲しいと思っていた。人は上手く出来ており、嫌なことも辛いことも時と共に徐々に忘れていく。また苦しい日々を積み重ねるのだから、全て覚えていては心が壊れてしまう。忘却とは神仏が人を守るために与えた最大の才だと思っていた。

だが、今はそうは思わない。少しでも時がゆっくり流れるように、日々の些細なことさえも忘れないようにと願っている。

決して豊かな暮らしをしている訳ではない。暮れになって何かと入用になり、僅かに残していた若い頃の蓄えから餅代を出した。いつもならばもう布団に入るところだが、今夜はまだ、薪《まき》をくべつつ皆で囲炉裏《いろり》を囲んでいる。それをゆったり眺めていると、ささやかな幸せが全身を包むようだった。

皆の会話に耳を傾けながら、手慰みに木っ端《こぱ》を小刀で削る。

「一つ、一人で生きるより。二つ、振り向く笑みを見せ……」

口元が緩んでいるせいか鼻唄が零れた。この癖だけは若い頃からなかなか抜けない。ただでさえふと口ずさんでしまうのに、手を動かしているから猶更である。

「三つ、皆で肩を寄せ。四つ、世の中変わろうとも」

「あ、また」

この癖が出ると、いつもこうして咎《とが》められる。普段ならここでこめかみを掻《か》いてすぐに止めてしまうのだが、ふと気になって尋ねてみた。

「唄が嫌いか？」

「ううん。でも唄っちゃ駄目なんだよ」

「駄目……？　夜にしちゃ駄目なのは口笛を吹くことだ。蛇が出る」

「怖い」

迷信なのだが本当に怯《おび》えた顔になったので、皆がふっと息を漏らした。それで話は一度途切れ、また他愛もない話が続く。火に炙《あぶ》られて乾いた薪が爆《は》ぜる小気味よい音が、流れるやり取りの僅かな合間を埋めていく。

　木切れを削って何かの形にしようと思っている。馬がよいか、鳥がよいか、喜ぶ顔を想像しながら考えて、ある一つの生き物が頭を過《よぎ》った。

「五つ、田舎も町の人も。六つ、昔の若者だとて。七つ、浪花もお江戸もおしなべて。八つ、やはり踊らんかい……」

「また唄っている。駄目だって」

　頬を膨らませて言う。さっきは別の迷信の話をしてうやむやになってしまったので、再び尋ねてみた。

「そんな決まり事があるのかい？」

「だって、はなうただもん」

「鼻唄が？」

　何処《どこ》かでそんな話を聞いてきたのだろうか。首を傾げて考えるが、やはりそんな迷信は聞いたことがない。

「花が咲く時に唄わないと」

「なるほど」

　そこまで聞いて拳を掌に打ちつけた。どうやら鼻唄の「鼻」を「花」だと思っているらしい。

これまで唄うたびに止められていたが、確かに昨年の春、桜を見ている時には一緒に唄ってくれたので、おやと嬉しくなったことを思い出した。

「それはな……」

横から間違いを正そうとするのを、手で制して首を横に振る。そして改めて向き直ると、優しい口調で答えた。

「花唄か。確かに花が咲く頃じゃないと駄目だな」

「うん」

弾けるように頷くのが何とも可愛らしく、胸がじんわりと温かくなった。

「よし。じゃあ、春になったら唄ってもいいか？」

「私も一緒に唄う」

「そうしよう」

話にすっかり乗ってしまったので、皆は少し呆れつつも微笑《ほほえ》ましそうに二人を見つめる。己にこのような幸せな日々が来るとは思っていなかった。手に持った小刀をそっと置くと、頰が自然と緩むのを感じながら愛らしい頭を柔らかく撫でた。

# 花唄の頃へ

くらまし屋稼業

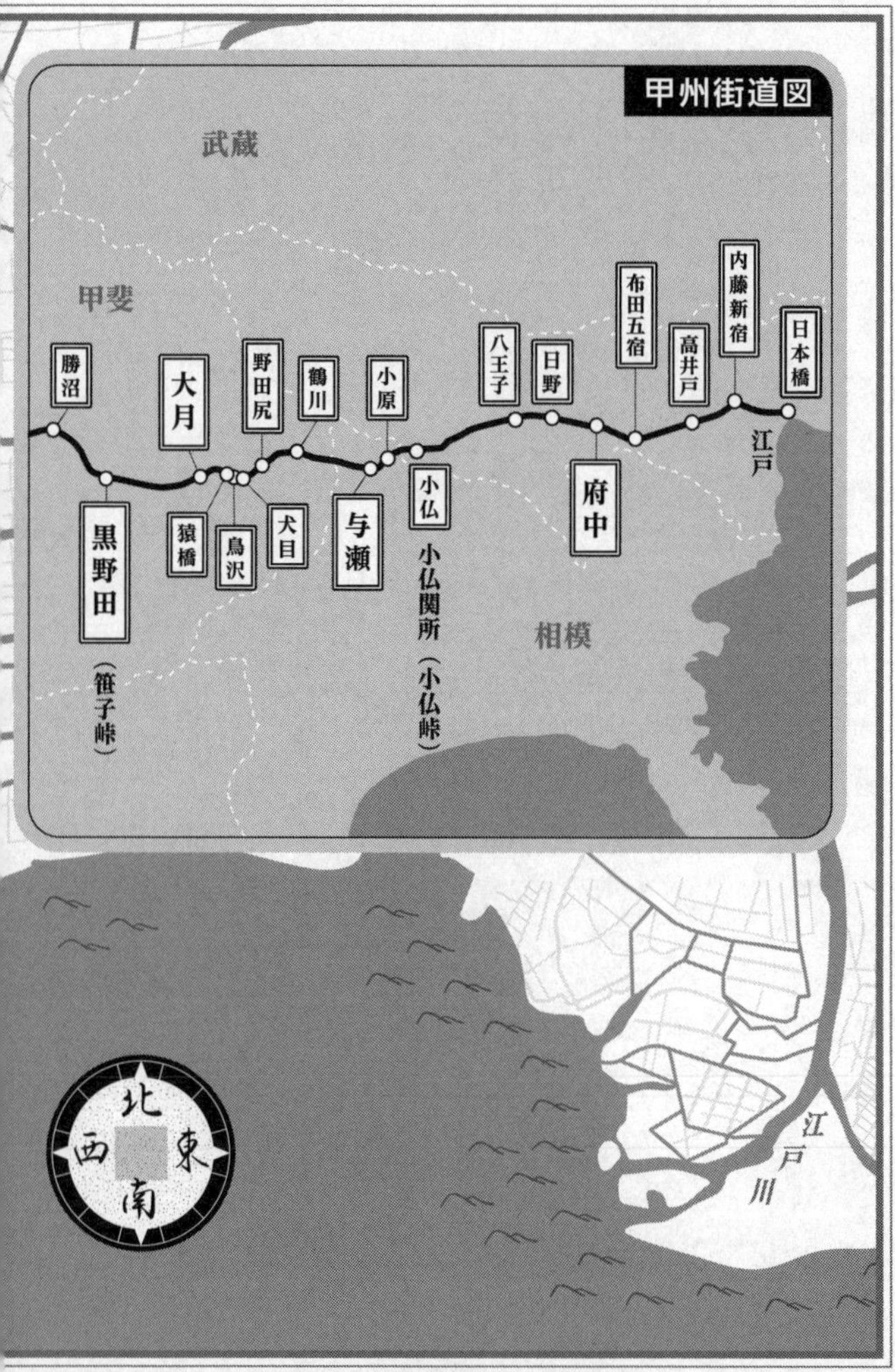
甲州街道図
武蔵
甲斐
相模
勝沼
大月
野田尻
鶴川
小原
八王子
日野
布田五宿
高井戸
内藤新宿
日本橋
江戸
黒野田
（笹子峠）
猿橋
鳥沢
犬目
与瀬
小仏
小仏関所
（小仏峠）
府中
北
西
東
南
江戸川

地図製作／コンポーズ　山﨑かおる

# 主な登場人物

堤《つつみ》平九郎　表稼業は飴細工屋。裏稼業は「くらまし屋」。

七瀬　「波積屋《はづみや》」で働く女性。「くらまし屋」の一員。

赤也　「波積屋」の常連客。「くらまし屋」の一員。

茂吉　日本橋堀江町にある居酒屋「波積屋」の主人。

お春　元「くらまし屋」の依頼人。「波積屋」を手伝っている。

三郎太・蘭次郎・幸四郎・林右衛門　無頼の大身旗本の次男、三男たち。

曽和一鉄　徳川吉宗によって創設された御庭番の頭。

利一　日本橋南守山町にある口入れ屋「四三屋《よみや》」の息子。

油屋平内　元は大身旗本の次男。人斬り平内と呼ばれている。

万木迅十郎《ゆるぎじんじゅうろう》　「炙り屋」を名乗る裏稼業の男。

目次

# くらまし屋七箇条

一、依頼は必ず面通しの上、嘘《うそ》は一切申さぬこと。
二、こちらが示す金を全て先に納めしこと。
三、勾引《かどわ》かしの類《たぐい》でなく、当人が消ゆることを願っていること。
四、決して他言せぬこと。
五、依頼の後、そちらから会おうとせぬこと。
六、我に害をなさぬこと。
七、捨てた一生を取り戻そうとせぬこと。

七箇条の約定《やくじょう》を守るならば、今の暮らしからくらまし候《そうろう》。
約定破られし時は、人の溢《あふ》れるこの浮世から、必ずやくらまし候。

# 第一章　不行状の輩

一

日を追うごとに寒さが和らぎ、冬が通り過ぎていくのを感じる。夜天に望月が浮かび、その輪郭が茫《ぼう》と妖《あや》しく煙《けぶ》っている。風も湿り気を帯び始めており、朝には雨が降り出すだろう。

野良犬か、あるいは飼い犬か、何かに憑《つ》かれたように遠吠《とおぼ》えを繰り返しているのが耳障りであった。

「うるせえな」

桝本三郎太《ますもとさぶろうた》は手に持った瓶《かめ》の酒を呷《あお》り、忌々しげに舌打ちを放った。緩やかに吹き続ける風が吐息を押し戻し、自ら発した酒気が鼻孔に広がる。

三郎太は番町《ばんちょう》に屋敷を構える二千石の旗本、桝本主計《かずえ》の次男である。家督は七つ上の兄が継ぐことが決まっているため、所謂《いわゆる》、部屋住みの身分であった。

部屋住みとは悲惨なものである。禄を食《は》める訳でもなく、お役目が与えられる訳でもない。兄や嫂《あによめ》、後には甥にまで気を遣って、肩身の狭い穀潰《ごくつぶ》しのような生涯を送らねばならないのだ。

だが、それは家禄の貧しい家の話。二千石の桝本家ともなれば、他家への養子の口は少なくない。二十二歳の三郎太の元にも、八百石取りの旗本・井上《いのうえ》家から婿養子の話があって、半年後、夏過ぎには祝言を挙げることになっている。

周囲の同格の旗本の家を見ても、次男、三男が婿入り先にあぶれることは稀《まれ》であった。そうなると部屋住みというものはぐっと気楽になる。

兄は家督を継ぐため、早くからお役目を学ばねばならないが、己は気儘《きまま》に外で呑み歩き、気の合う者たちとつるんで遊べる。時には多少の無茶をしてしまっても、父が伝手《つて》を使って上手く揉み消してくれるのだ。

そして遊びにも少し倦《う》み始める頃になって婿入りし、やがては養子先の家督を相続することになる。働き次第では出世もするだろう。子宝に恵まれれば良い父になり、やがては隠居して悠々自適。安穏な老後が約束されるのだ。

そういった意味で家格の高い旗本の次男は、一度の人生で二つの生き方を味わえる最高の生まれであると三郎太は思っていた。

「見つけて斬っちまうか？」

横を歩く一人がけろりと笑った。名を小山蘭次郎《こやまらんじろう》と謂《い》う。蘭次郎もまた己と同じく高級旗本の次男。小山家の家禄は、桝本家よりもさらに五百石多い二千五百石である。

「半年後には祝言だ。もう馬鹿は終わりさ」

三郎太は苦笑して首を横に振った。一年前ならば二つ返事で乗って、犬を斬りに行っていただろう。ついこの前までは火急の事態と偽って馬に乗り、帰路を競うような遊びすらしたことがあるのだ。だが、いよいよ祝言が近づいてきた今、問題を起こせば、話が流れてしまうこともあり得る。こうして夜に呑み歩く程度はよいだろうが、目立った騒ぎは避けたかった。

「まだ半年ある。やろうぜ」

酔いが回っているのだろう。頬を赤く染めた蘭次郎はなおも誘って来る。

「お前も秋に祝言だろうが。しかも千五百石とは羨ましい限りだ」

蘭次郎もまた婿養子の口が決まっていた。元の家格にも若干の差があるが、婿入り先は倍ほどの開きがある。

「お役目が一緒になれば俺が上役だ。こきつかってやるぜ」

「お引き立てよろしくお願い致す」

三郎太が戯《おど》けて礼をしてみせると、蘭次郎もそれに便乗して軽口を叩《たた》き笑いあった。

「よかろう」

蘭次郎の婿入り先が羨ましいというのは本心だが、別に三郎太も満足していない訳ではない。お役目を恙無《つつがな》くこなし、天寿を全う出来ればそれで十分だと思っている。

「ところで、あの小間物屋の娘はかたがついたのか？」

三郎太は酒瓶にまた口を付けて尋ねた。

「面倒だったが、ようやく諦めたらしい」

蘭次郎は嘲笑《あざわら》うように鼻を鳴らした。蘭次郎は仲間内の中でも一等色好みで、あちらこちらに女を作っていた。養子の口が決まったことで今までの関係を清算していっていたが、小間物屋のお真《しん》と謂う女が蘭次郎に心底惚《ほ》れており、なかなか別れを承服しなかったのだ。

別れを切り出した蘭次郎に対し、お真は思い留まるようにと泣き喚《わめ》いて縋《すが》りついたという。それでも蘭次郎は無理やり突き放したが、お真は諦めず、度々小山家を訪ねて来て迷惑していると聞いていた。

門を叩くお真に対し、小山家の家臣は、

――当家の若は貴様など知らぬと仰《おお》せだ。

と、けんもほろろに追い返した。このようなことが何度も続いたが、遂にはお真も諦めたらしく、もう訪ねて来ることはないという。

「へえ、女の怨《うら》みは恐いぜ」

三郎太はちょいと舌を出してふざけた顔を作った。

「気の狂《ふ》れた女だと先に触れ回ってやるさ」

蘭次郎は気にも留めないといったように口角を上げる。

「近頃は金で雇われて、代わりに怨みを晴らす物騒な連中もいるらしいじゃねえか。そんな奴らに付け狙《ねら》われても知らねえぞ」

「くらまし屋か」

蘭次郎が素っ頓狂《とんきよう》な声を上げるので、三郎太は手を左右に振った。

「馬鹿。あれは反対さ。どんな者でも晦《くら》ましてくれるっていう……確か山王社《さんのう》にある石灯籠《いしどうろう》の裏に文《ふみ》を埋めると、向こうから姿を現すらしいけどよ」

「そうか。なるほどな」

「そうではなく、殺しを請け負う者の話だ」

江戸には裏稼業を生業《なりわい》としている者たちがいる。善良な庶民たちはただの噂話で眉《まゆ》唾《つば》だと思っているだろう。だが三郎太は十五、六の頃から、蘭次郎のような無頼の旗本の次男、三男とつるんできた。酒を呑んでの喧嘩《けんか》などは朝飯前。賭場にも出入りしていたし、小遣い稼ぎにちょいと荒事に手を染めたこともある。そうした中で、会ったことは無いものの、裏の道を生きている者の息遣いを確かに感じていた。

時が来れば己たちは真っ当な暮らしを手に入れる身なのだ。半分無頼、半分堅気で気儘に楽しめればそれで良かった。将来のことを思えば、その手の輩《やから》に関わると碌《ろく》なことは無いと注意していた。

「だが金が掛かるのだろう？」

蘭次郎は指で輪を作って片笑む。

「ああ、十両二十両は当たり前。腕の良い者なら五十両、百両もあるって話さ」

「では心配ない。あの小間物屋にそんな金があるかよ」

お真の父が営む小間物屋は、別に暮らしに困るという訳でもないが、贅沢《ぜいたく》出来るほど儲《もう》かっている訳ではない。いわばどこにでもある普通の小間物屋だ。そんな店がそれほどの大金を払おうものならば、一気に身代を潰すことになってしまうだろう。蘭次郎は苦笑しつつ続けた。

「俺と夫婦《めおと》になれると思い込むとは愚かなもんだ」

「そりゃあ、お前が嘘を吐《つ》くからだろう？」

旗本の次男、三男が冷や飯食いでいるよりは、と商家に婿入りすることも珍しくはない。三郎太は、蘭次郎がお真に士分を捨てて一緒になることも出来ると、思わせぶりに言ってきたことを知っている。

「そんな話も世の中にはあるらしいと言ったまでさ。まあ、どだい身分が違うのだ。夢を見させてやっただけでも有難いと思って貰いたいものだな」

「とんだ下衆野郎だ」

三郎太がにやりと笑うと、蘭次郎は片眉を上げた。

「どの口が言っている」

「違いない。あ……しまった」

話しながら腰をまさぐっていた三郎太が舌打ちをした。

「どうした？」

「煙草《たばこ》入れを林右衛門《りんえもん》に貸したままだ」

「最後に使っていたのは、幸四郎《こうしろう》だからそっちが持ったままかもしれねえぞ」

国分《こくぶ》林右衛門は千八百石取りの旗本の三男、出田《いずた》幸四郎もまた千六百七十石を食む家の次男である。これまでこの四人でいつも連れだっており、今日も共に縄暖簾《なわのれん》で盛り上がった。

呑んでいた時に林右衛門の煙草が切れたというので、三郎太は煙草入れごと貸してやった。酒の席でしか吸わない幸四郎も便乗した。

二人は呑み足りないのでもう一軒行くと言い、こちらは婿入り先も決まっているので自重して店先で別れた。煙草入れはそのまま、どちらかが持っているのだろう。

「仕方ねえ。明日にでも中間《ちゅうげん》に取りに行かせるか」

三郎太は苦々しく言って酒臭い溜息《ためいき》を零《こぼ》した。

「そうしとけ。それにしても……あいつらはいいよな」

林右衛門も、幸四郎もまだ婿入り先が決まっていない。だが、二人の父親も今探しているそうなので、それほど時を経ずして決まることだろう。つまり己たちと違い、今暫《しばら》く気儘な時が残されているのだ。

「まあな。もう戻れないからな」

他家に入っても四人の友誼《ゆうぎ》は続くだろう。だが、皆で無茶をして馬鹿笑いするような日々が終わるのは間違いない。こうして呑みに行く機会もずっと減るだろう。

「十分楽しんだと思って、年貢の納め時か」

蘭次郎はぼやけた月を眺めながら呟いた。

暫し無言の時が流れた。これからはさして代わり映えのしない毎日が待っている。

いつか青い春は終わると解っていたが、いざとなると名残《なごり》惜しいのは皆が同じだろう。

――これもう出来ないな。

三郎太は酒瓶をじっと見つめた。往来で酒を呑みつつ歩くことである。

「俺はこっちだ」

分かれ道に差し掛かった時、蘭次郎は右を指差しながら言った。互いの屋敷はここから別々の道なのだ。

「ああ、またな」

三郎太は軽く手を挙げ、蘭次郎と別れた。

番町は武家屋敷が立ち並んでいる。各家では門限が定められており、すでに亥《い》の刻(午後一〇時)を回った今、殆ど人通りが無かった。三郎太の家にも一応門限はあるが、ここ数年はまともに守ったことなどない。裏門の潜り戸を開けておくように中間に命じており、そこからこっそり入る。

それは父も承知のことだった。己のことを目に入れても痛くないほどに可愛がっている父は、時折やんわりと窘《たしな》めるのがせいぜいであった。

「さてと」

三郎太は独り言《ご》ち、両側を塀に挟まれている小路に折れた。こちらのほうが家には近道で、普段から通っている。

月が出ているとはいえ、霞《かすみ》掛かっていて、小路は暗い。長さは半町ほど。通り抜ければまた広い道に出る。半ばまで進んだところで、小さな声が聞こえた気がして前を見てみると、向こう側からも人が入ってきた。すれ違えないほど細くはないが、肩どうしは触れてしまうかもしれない。一年前ならば酔いに任せて、

――どけ。

などと言っていたかもしれない。しかし今の三郎太は、左肩が塀に触れるほどに寄った。

三郎太は首を傾げた。こちらが塀際に寄った後にも、向こうはど真ん中を悠々と歩いて来る。夜だというのに目深に菅笠《すげがさ》を被っていることに今更気付き、三郎太は身を強張らせた。滅多なことはないだろうが、強盗の類《たぐい》ということも考えられるのだ。

万が一に備え、三郎太は酒瓶の紐《ひも》を左の手首に通し、ゆっくりと右手を腰の刀に落とした。だが、このままでは刀が塀につかえてしまい、抜くことは出来ない。仕方なく道の中央へと戻りつつ、前方に向けて呼びかけた。

「申し、互いに左に寄りましょう」

しかし男は返答しない。それどころか歩を止めたではないか。互いの距離は五間

（約九メートル）と少しである。

「道を空けてくださらぬか」

三郎太は再度言ったが、やはり何の反応も無かった。内心ではすでに腸《はらわた》が煮えくり返っている。それでも丁寧な物言いをしたのは、相手の腰に両刀が収まっているのが見えたからである。ただ単に耳が遠いだけで、名のある旗本であったりすれば面倒になる。

「桝本三郎太だな」

「何……」

ようやく口を利《き》いたと思ったら己の名を呼んだので、三郎太は一瞬意表を突かれた。今日、己が外に出ていることも、いつもこの近道を通ることも知っている。もはや待ち伏せしていたと見て間違いない。

「誰だ」

三郎太は我に返って低く尋ねた。

「覚えがあろう」

「ねえな」

惚《とほ》けた訳でなく真に解らなかった。まず菅笠で顔が見えない。それに喧嘩などは日常茶飯事で一々相手を覚えてもいなかった。かといって闇討ちされるほどの悪事を働いた覚えも無いのである。

「左様か……」

男はやや擦《かす》れた声で囁《ささや》くように言うと、すうと腰のものを抜いた。大刀ではなく脇差である。この隘路《あいろ》ならばそちらのほうが扱いやすいことを知っている。それなりに場数を踏んでいるのだろう。

「止《や》めとけ。俺は酔っても腕が鈍らねえ」

三郎太は唾を掌《てのひら》に吐いて柄を握った。虚勢ではない。

幼い頃から剣に天稟《てんぴん》の才を見せ、僅か二十歳にして一刀流の皆伝を得たほどである。これまで皆と遊び半分で野良犬を斬ったことがあるが、程よく酔った時のほうがむしろ剣が冴えることを知っている。

男は無言。

信じていないと思い、三郎太は続けた。

「俺は一刀流の皆伝を……」

「知っている」

言い切るより早く、男は短く遮った。よく考えてみれば帰り道まで知っているのだ。

それくらいは調べていても何ら不思議ではない。

「そうかい。そっちが先に抜いたんだ。返り討ちにしても罪にはならねえよな……」

三郎太も脇差を素早く抜きはなった。鈍い月明かりを受けて剣先が茫と光る。

「今一度、訊く……覚えはないか」

男は夜に溶かすが如く静かに言った。ここまでのことをしておきながら、下らない問答をすることに苛立《いらだ》ちを覚え、三郎太は吼《ほ》えると同時に地を蹴った。

「ねえよ！」

話している間で、すでに酒瓶の紐を外しており、それを振り子のようにして勢いよく顔に投げつける。この奇襲は功を奏し、男は素早く脇差の柄頭で酒瓶を叩き割ったが、脇が開いて構えが崩れている。

噎《む》せ返るほどの酒の匂いが突き抜け、三郎太は脇差で相手の喉元に突きを放った。

「なっ――」

高い金属音が響く。先程まで振り上げられていたはずの男の脇差が、いつの間にか戻って己の刃を弾き飛ばしたのだ。

「この野郎」

続け様に二撃、三撃と斬り込むが、男は脇差をくるくると旋回させ、いなしていく。

今まで凄まじい剛剣は見たことがあるが、これほど柔らかな太刀筋を目の当たりにしたのは初めてだった。

「これでどうだ！」

三郎太は大上段に振りかぶると、菅笠ごと叩き割るつもりで、真っすぐ相手の脳天に打ち下ろした。これは少々いなされたとしても、刃が肩に落ちて致命傷になる。

男はそれも見抜いたようで、がちんと二本の脇差が交わり鍔《つば》迫《ぜ》り合いとなった。己は身丈六尺（約一八〇センチ）に迫るかなりの長軀《ちょうく》である。膂力《りょりょく》では勝っていると見て、脇を締め、足に力を漲《みなぎ》らせ、躰《からだ》全体で押し込んだ。

「これで終わりよ」

じりじりと、交差している刃が眼前から離れていく。まもなく菅笠に刀が触れるという時である。男はさっと顔を上げてこちらを睨《にら》みつけた。その口が小さく何かを呟くように動いている。

「誰だ……」

笠と闇に遮られ、これまで相貌がよく判らなかった。しかし近くではきとしても、三郎太には全く見覚えが無かったのである。

「あの世で詫びよ」

押し込まれて劣勢のはずなのに、男の声には余裕が十分にあった。

「熱っ――」

腹に焼け火箸《ひばし》を押し付けられたような熱さを感じ、体勢はそのままに視線を下げる。

三郎太は愕然とした。腹部を深々と刀が貫いている。

「有り得ねえ……」

鍔迫り合いをしていたはずである。だが、男はいつの間にか右手一本で支え、左手で刀を抜いて己を刺した。先程、顔を上げてこちらが見返した、一瞬の隙を狙ったのだ。恐るべき早業である。

だが、本当に有り得ないことは別に二つ。両刀は左の腰に差すもの。この男もそうであった。それを左手で抜くなど尋常でないほど難しい。

さらに隘路とあって互いに脇差で戦っていた。つまり腹を貫いているのは大刀ということになる。これほど躰が密着していては脇差を抜くのも容易でないのに、大刀をどうやって抜いたというのか。

「貴様……何者……」

喉が激しく痙攣《けいれん》して声が詰まった。男が捩《ねじ》るように左手に力を込めたのだ。徐々に痺《しび》れは全身に回り、三郎太の両手から脇差が滑り落ちる。

次の瞬間、眼前を矢の如き速さで何かが過《よぎ》った。喉から生温かいものが溢《あふ》れ、口にまで込み上げて来る。己に止めを刺さんと、男が右手の脇差で喉を掻《か》っ切った。そう気付いた時には三郎太の視野は霞《かす》み、膝からどっと頽《くずお》れた。

——こんなはずじゃ……。

人は死ぬ時に、走馬灯のようにこれまでのことが流れるという。

だが、三郎太の脳裏に浮かんだのは、皆と過ごした奔放な日々ではなく、未だ見ぬ平凡だが安泰な暮らしの夢想であった。地の冷たさが頬に伝わる。

死とはこれほどに冷たいものか。

そう思ったのを最後に、三郎太はもう何も考えることが出来なかった。

## 二

小山蘭次郎が桝本三郎太の葬儀に出たのは、最後に皆と酒を酌《く》み交わした四日後のこと。桝本家の庭先の梅の花もすでに大半が散っており、降り止まぬ雨のせいもあって、蘭次郎の眼には酷く哀しげに映った。

三日前、つまり三郎太と別れた翌日の朝、仲間の国分林右衛門が血相を変えて駆け込んできた。その時はまだ蘭次郎は、朝からどうしたと笑う余裕があった。

　しかし林右衛門の口から、

「三郎太が死んだ……」

　と聞かされ、一瞬頭が追いつかなかった。己を揶揄《からか》おうとしているのだろうと言ったが、林右衛門は神妙な顔で首を横に振る。それでようやく蘭次郎も真実だと確信した。

「病か」

　そうは訊《き》いたものの、三郎太は極めて健やかで風邪一つひかぬ男だった。

「斬られた」

「何……」

　腹部を深々と刺され、首を掻き切られて絶命しているのが見つかったという。骸《むくろ》が見つかった場所からしても、己と別れた直後のことであるらしい。

「辻斬りか。だがあいつは一刀流の皆伝だぞ」

　蘭次郎は身を乗り出した。

　桝本三郎太といえば、つとに知られた剣の達人。己たちもそれなりに剣は使うが、仲間の内では三郎太が頭一つ抜けていた。それどころか旗本の子弟の中では二番目の実力者であったし、二年ほど前、一番強かった者がいなくなって繰り上がっていたのだ。

「ああ……だが確かだ」

林右衛門は青白い顔を縦に振った。

三郎太の骸の傍には当人の脇差が落ちていたらしい。つまり仮に不意打ちであっても、抜刀するほどの間はあったということだ。そうなれば三郎太がそう易々と敗れるとは思えなかった。

ともかく三郎太は死んだ。

こうして蘭次郎は線香を上げるために葬儀に参列したのである。御父上は三郎太のことを溺愛していた。己と同じく養子先が決まっていたこともあり、その落ち込みようは目も当てられなかった。

「蘭次郎」

葬儀を辞して往来に出た時、仲間の一人である出田幸四郎が声を掛けてきた。葬儀に出ていたことには気づいていた。

幸四郎は、身丈五尺三寸(約一五九センチ)と仲間内では最も躰が小さく顔付きも幼い。だから心も幼いという訳ではあるまいが、四人の中でも特によく揉め事を起こし、三郎太は時に呆れながらも喧嘩の助太刀を買って出たりしてやっていたものである。

その横には林右衛門の姿もある。童顔の幸四郎と並ぶと、まだ若いにもかかわらず鬢《びん》が薄くなり始めている林右衛門の老け顔は際立つ。加えて三郎太のことで憔悴《しょうすい》したのか、いつにも増してくたびれた顔に見えた。

「馬鹿。声を掛けるな」

蘭次郎は雨音に混ぜるように囁いた。幸四郎、林右衛門はどちらも意味が解らぬというふうに首を捻《ひね》る。

「目付の手の者が来てたはずだ」

あっと二人は息を呑んで顔を見合わせた。葬儀の参列者の中にこちらを窺《うかが》っている者がいた。恐らくあれは旗本、御家人《ごけにん》を監察するお役目、目付の配下ではないかと蘭次郎は直感した。

確かに己たちを疑うのは無理もないだろう。普段から四人でつるんでいたし、素行が悪いことも知られていたはず。しかも三郎太が死んだ日も酒を酌み交わしていたのだ。己たちが最も疑われても仕方ないだろう。

「どこかで落ち合おう」

蘭次郎は周囲を窺いながら言った。幸いにも今は誰かが見張っている様子は無い。

「どこにする？」

林右衛門が横から口を挟む。十六歳の頃から今に至るまで約六年、三日に一度は集まって酒を呑んだ。行きつけの煮売り酒屋だけでも十指に余る。

「少し離れたところがいいだろう……」

蘭次郎は幸四郎の耳に口を寄せて店の名を囁いた。幸四郎は頷き、林右衛門にも同じく小声で伝える。

「酉《とり》の刻（午後六時）だ」

蘭次郎は言い残すと帰路へと就いた。一度屋敷に戻り、着替えて出直すつもりである。喪服ということもあるが、そうでなくともぐっしょりと濡れていた。元来武士は傘を差さぬものと決まっている。危急の時に対処出来ないというのが理由だ。

泰平の世である。普段はそのようなことを気にせず、蘭次郎は小粋な傘を差しているが、流石《さすが》に葬儀の場では相応《ふさわ》しくないだろうと止めた。

――泰平の世か……。

傘のことから連想し、蘭次郎は心中でそっと呟く。己たちは確かに大小様々な悪事を重ねて来た。だが、あくまでその「泰平の世」の内でのことだと思っていた。

しかし、ごく稀にその中に収まらない者もいる。三郎太を襲った辻斬りもそうした者なのかもしれない。そのようなことを考えながら、蘭次郎は濡れた頬をそっと拭った。

三

蘭次郎が屋敷を出た時にはすっかり雨が止んでいた。

待ち合わせの煮売り酒屋の暖簾を潜ると、給仕の娘が愛想よく出迎えてくれた。年の頃は十一、二というところか。

「お一人ですか？」

ずっと気が鬱していたが、娘の溌剌《はつらつ》とした様子につられて口が僅かに緩んだ。

「待ち合わせなのだが……ああ、あそこにいる」

奥の小上がりに林右衛門の背が見えた。向き合って座る幸四郎が、こちらに気付いて軽く手を上げる。

「どうぞ、ごゆっくり」

ぺこりと頭を下げると、娘は客に呼ばれて仕事に戻っていった。いつ来てもこの店は賑わっている。今日もすでに満席となっており、客の楽しげな声が溢れていた。

「遅くなった」

蘭次郎は刀を鞘《さや》ごと抜いて腰を下ろした。

「俺たちも、今来たところだ」

すでに注文は済んでいるらしく、肴《さかな》はまだだが酒は来ている。気心の知れた仲である。酌はしないというのがいつしか決まりごとになっていて、蘭次郎は手酌で杯に酒を満たした。

「大変なことになったな」

幸四郎が苦々しく言って酒を呷った。

「ああ……まさか三郎太が死ぬとは」

林右衛門は頭を抱え込むように、手を額に添えた。

「俺と別れて間もなくのことだろう」

三郎太の骸は、そのまま打ち捨てられていた。三郎太が家に帰る時によく使う小路にである。

「何か変わった様子は無かったのか？」

幸四郎が再び手酌で酒を注ぎながら訊いた。

「いや、特に無い。尾《つ》けられている様子もなかった。待ち伏せと見てよいな」

「辻斬り……なのか？」

林右衛門はぼそぼそと気後れしたように言って、己と幸四郎を交互に見る。

「そりゃあ、そうだろうよ」

幸四郎は即答したが、林右衛門はじっと己を見つめてくる。恐らく同じことを考えているのだろう。

「肴が来てからな」

蘭次郎は板場に向けて顎をしゃくった。運んで来た店の者に余計なことを聞かれたくないという意味である。

暫くすると頼んでいた肴が運ばれてきた。先程の幼さの残る娘ではなく別の女である。年の頃は二十歳ほどか。細く切れ上がった眉、大きな目に長い睫毛《まつげ》、やや厚くぽってりとした唇と、男好きのする相貌をしている。通うようになってからずっと幸四郎は好みだと言っており、見惚れたようにして杯を傾けている。

「独活《うど》の酢味噌《すみそ》和えと、鮃《ひらめ》の煮つけです」

「ありがとうよ」

下心があるからか、礼を言う幸四郎の頬が緩んでいる。

――それどころかよ。

蘭次郎は口内で小さく舌を鳴らした。まだ三郎太が死んだという実感が無いのかもしれない。己とてそうである。四日前までは四人で下らない話に興じていたのだ。

女が去るのを見届けた後、蘭次郎は重々しく口を開いた。

「初めから三郎太を狙っていた……ということだな」

「えっ……」

幸四郎は一転して顔を引き攣《つ》らせた。林右衛門は己と同じことを考えていたようで頷く。

「うむ。三郎太の財布は奪われていなかったらしい。それに辻斬りならば、わざわざ武士を狙う必要はあるまい。商人や職人で十分のはずだ」

幕府が開かれて間もなくは、まだ戦乱の気風も抜けきっておらず、刀の切れ味を試すといった理由で辻斬りを行う者が多かったと聞く。近頃ではすっかり廃れたものの、数年に一度はそのような事件が起こっていた。だが、武士を狙えば返り討ちの危険があるからか、いずれも町人を狙ったものであった。

「腕試しということもあるぞ」

幸四郎が反論した。確かに試し斬りでなく、己の武技がいかほどのものか量るためならば、武士を襲うのも納得出来る。それならば下手人は腕に自信があることになり、三郎太のような強者を狙うのも辻褄《つじつま》が合うだろう。

「一理ある。だが……他に心当たりはないか？」

「どういう意味だ？」

幸四郎は首を傾げたが、林右衛門は顔色悪く俯《うつむ》いている。

「俺たちも狙われるかもしれぬということだ」

蘭次郎は酒を呷って勢いよく卓に杯を置くと、少し身を乗り出して続けた。

「三郎太が一人で怨みを買ったならば心配は無い。だがこの六年間、俺たちは毎日のように共にいた。あいつが怨みを買ったならば、俺たちもその場にいたことが考えられる」

「なるほど……まず考えられるのは賭場絡みか」

大名家の下屋敷や大身の旗本屋敷で、中間頭が中心になって賭場を開くのはよくあることだ。武家屋敷は目付の職域である。町奉行所の者が容易く踏み込めないから都合がいいのだ。

幸四郎の出田家でも月に二、三度賭場を開いていた。ただこれは中間部屋を用いているため、父も兄も知らないのである。賭場が開かれる時には、他の三人も幸四郎の家に行って、近くの別室で酒を呑んでいた。家の者が中間部屋に近付いた時、

――皆で飲んでいるだけだ。

と、幸四郎たちが言い訳をしてやるのである。

寺銭の中から、蘭次郎や他の二人も分け前を受け取っていたので他人事ではない。やっているのは丁半博打ばかりだが、のめり込み過ぎるあまり、妻を遊郭に売るような小旗本もいたらしい。それだけならば自業自得ともいえるが、幸四郎の賭場では度々いかさまで客から金を巻き上げていた。それに気付いた者が、怨みから凶行に走ったことも考えられる。

「それならばまずお前から狙われそうなものだがな……」

「一人ずつやって、恐怖を煽《あお》ろうって腹かもしれねえ」

幸四郎は忌々しげに吐き捨てた。

「林右衛門のあれも考えられるぞ」

蘭次郎が言うと、林右衛門はびくんと肩を動かした。

幾ら皆が裕福な旗本の家に生まれたとはいえ、所詮《しょせん》は部屋住みの身である。このように頻繁に呑み、時に吉原《よしわら》にも繰り出していてはとてもじゃないが銭が足りない。賭場で寺銭を稼ぐ他にも、様々なことをして銭を得て来た。その一つが林右衛門の提案した、

――仕官の斡旋。

である。

とはいっても真に仕官させる訳ではないし、そもそも部屋住みの己たちにそのような力も無い。仲介の金だけ受け取って、後はずらかるという詐欺である。

元々、林右衛門の知り合いの口入れ屋が、

「近頃は浪人のお客も多くてね」

と言っていたのを聞いて思いついたという。

口入れ屋の店先で張って、日傭《ひようと》取りの仕事を求めに来る浪人風を見つける。そしてその者を尾けて縄暖簾に入ったところなどを見計らい、何気ない風を装って親しくなる。その時に林右衛門は、

「拙者は小山蘭次郎と申す」

などと別の仲間の名を名乗り、その上で仕官の話を持ち掛けるのだ。

日々の暮らしに困って藁《わら》にも縋る思いなのだろう。どの者も面白いほどすぐに頭を下げて頼んで来た。

仕官には方々への口利き料、祝儀などが必要という。少ない時で五両。多い時は二十両、三十両ということもあった。浪人だからさした金も持っていないはずだが、不思議と期日までに用意した。背に腹は替えられぬということだろう。高利貸しに借金

したのか、中には盗みに手を染めた者などもいるかもしれない。

金を受け取ったところで、林右衛門は連絡を断って二度と姿を見せない。浪人が焦《じ》れて訪ねる先は、小山蘭次郎であったり、出田幸四郎であったり、あるいは桝本三郎太である。

「小山蘭次郎は拙者でござるが？」

などと言って応対した時、騙《だま》されたと悟った浪人は一様に紙のように白い顔になる。そんなはずは無いと取り乱しても惚《とぼ》けるのみ。

中には勘づいて、一味ではないかと疑って詰め寄る者もいた。だが、証《あかし》は何もないのだから突っぱねる。やがて浪人は諦め、時には摘《つま》み出される。塀に手を突いて、躰を支えねばならぬほど覚束ない足取りで去っていく浪人を見たこともある。

この「稼ぎ」の弱みを一つ挙げるとすれば、後々町中で林右衛門を見つけられてしまうことである。そこまでいけば己たちが仲間だということまで知られるのは時間の問題だろう。

しかしこの人が溢れかえっている江戸で、ばったり行き合うなど滅多にあることではない。仮にそのようになったとしても、浪人の気が狂れていると強弁すればよい。大身旗本の子弟と、一介の浪人ならば、周りが前者の言うことを信じるのは間違いないのだ。

「俺は穴のあるこの稼ぎは気乗りしなかった」

蘭次郎が言うと、林右衛門は歯を食い縛って言い返した。

「お前たちも金を受け取ってよい稼ぎになっただろう。それにお前こそどうなのだ」

「俺か？」

思い当たる節が無く、蘭次郎は眉を顰《ひそ》めた。

「小間物屋の女が喚いているそうではないか。これまでも女の怨みを買っているだろう」

このことは蘭次郎から話したことはなかったが、林右衛門の耳にもすでに入っていたらしい。

「それは心配ねえさ。あいつが三郎太を斬るなんてどだい無理だ」

「誰か腕のよい者を雇ったということもあるぞ……」

このような会話を亡き三郎太としたことを思い出しながら、蘭次郎は独活の酢味噌和えを口に入れた。口内に爽やかな香りが広がり、苦々しさを束の間打ち消してくれる。

「貧乏小間物屋だぜ。そんな銭があるかよ」

「確かにそうか……」

林右衛門は得心したようで二度、三度自らに言い聞かせるように頷いてみせた。

「一体、どこのどいつだ」

苛立ちが込み上げてきたらしく、幸四郎は唸るように言った。

「まあ、解らねえわな」

蘭次郎は鬢を掻く。心当たりがあり過ぎるのである。怒りに任せて襲い掛かってくることは有り得る。しかし此度《こたび》のことがかねて練られていた企てだとすれば、下手人は一人ずつ四人を仕留めていこうとしているのではないか。

相当な怨みと、それを遂行する冷静さが必要で、そこまでのことをしたかといえば首を捻らざるを得ないのだ。

「まだ辻斬りの線も消えた訳ではないしな……」

林右衛門は気を紛らわせるように酒を呑んだ。

「どうだろうな」

蘭次郎は曖昧《あいまい》に返事をした。

やはり財布や持ち物が何も奪われていないことが気になった。

「ともかく気を付けねばならぬことは二つだ」

このまま論じていても埒《らち》が明かないと思い、蘭次郎は切り出した。

「一つ目は目付。実際に三郎太のことは知らぬのだからこれはよい。だがこれまでのことは口が裂けても話さぬことだ」

二人の頷きが重なった。目付としてもよからぬ噂は耳にしているだろう。己たちの父親の顔を立て深くは追及してこなかったが、こうなってしまってはこれまでのようにはいかない。

「二つ目は……夜歩きは極力控え、身辺に気を付けることさ。半年ほどして何も無ければ、辻斬りだったと見てよかろう」

「解った」

「そうするほかないな」

幸四郎、林右衛門が相前後して言う。

「暫くは会うのはやめよう」

蘭次郎は静かに言って、二人の空になった杯に酒を満たしてやった。

自重せねばならなくなっていたが、もう暫くは気儘を満喫出来たはず。だが、半年後には己はもう他家に入っている。皆と共に過ごした日々がこのような形でふいに終わることとなり、急に名残惜しさが込み上げてきたのである。

「じゃあな」

店を後にして別れを告げたのは、手を軽く上げて応じた幸四郎にか、あるいは強がって笑みを作った林右衛門にか。もしかすると己が過ごして来た、不行状にして濃密な日々だったのかもしれない。

# 四

三郎太のことがいつも頭から離れなかった。案の定、皆と別れた翌々日には、目付から話を聞きたいとの申し入れがあった。だが蘭次郎は驚いて慌てふためく父や兄を、

「心配ありません」

と堂々と宥《なだ》め、調べに応じたのである。

蘭次郎はあの日のことを包み隠さず話した。まずは林右衛門、幸四郎と店先で別れ、最後に三郎太と別れたこと。その時に後ろを尾けている者はいなかったように思うこと。別れた時の三郎太の様子におかしな点が無かったこと。

三郎太が煙草を殊《こと》の外《ほか》好み、いつも煙草入れを持ち歩いていたことを目付は知っていた。しかし財布などは見つかったものの、煙草入れが無いことにも言及した。

「ああ……それはですね」

幸四郎か林右衛門に渡したままになっており、翌日、中間に取りに行かせると言っていたことを蘭次郎は付け加えた。実際に持っていたのは幸四郎のほうであったと、蘭次郎はこの場で知ることになった。

というのも、すでに目付は幸四郎と、林右衛門にも聞き取りを行っており、その辺りの話が符合するか否かを確かめていたらしい。

「心当たりはないか？」

とも訊かれた。少し考える振りをしてから、何も無いとはきと答えた。他の二人も同様のことを言っており、目付は辻斬りの線を強めて帰って行った。

三郎太の葬儀から半月ほど経ち、桜の蕾《つぼみ》も膨らみ始めている。ようやく日常が戻って来て、二六時中あの日のことを考えることもなくなっていた。

事件が起こったのは、そのような頃である。

「幸四郎が殺されただと……」

蘭次郎は絶句した。

教えてくれたのは出入りの舂《つ》き米屋であった。舂き米屋は己たちが仲良くつるんでいることを知っており、慌てて駆け付けてくれたという次第である。

これでただの辻斬りとは考えられなくなった。この江戸には数百万の人が寝起きしている。辻斬りが狙ったのがたまたま己たちの仲間だったという偶然はあるまい。

「何時《いつ》、何処《どこ》で、誰にだ」

蘭次郎は矢継ぎ早に尋ねた。

「昨日の昼、神田新石町《かんだしんこくちよう》です。下手人は捕まっていません」

「昼だと……」

まずそこに驚いた。前回は夜も更けていたが今回は白昼堂々、しかもあの界隈《かいわい》ならば人通りも決して少なくないはずである。

「幸四郎め……あれほど油断するなと言ったのに」

「え?」

思わずぼそりと呟いてしまい、舂き米屋が眉を寄せて怪訝《けげん》そうな顔になる。

「いや、何でもない。幸四郎は独りのところを狙われたのだな」

「いいえ。家士の方が二人一緒に。ここのところ、外を歩かれる時は、ずっと連れておられたとか」

舂き米屋がそう言ったので、蘭次郎はさらに吃驚《びつくり》した。そもそも幸四郎はあれ以降、夜に出歩くことをぴたりと止めたらしい。昼に出る時も最低でも二人、今回のように家士を伴なっていたという。つまり幸四郎は油断していたどころか、十分に身の回りに気を配っていたことになる。

「それで殺《や》られるとはどういうことだ……」

日中、人通りの多い町、供が二人。それでどのように斬られるのか想像も付かない。

「それが……よく判らないのだとか」

三人で歩いていると、幸四郎が何か聞こえたかのように空を仰《あお》ぎ急に小さな声を上げ、首の後ろに手を回したらしい。その手にはべっとりと血が付いており、幸四郎は激しく狼狽《ろうばい》した。供をしていた家士たちも同じであったという。

項《うなじ》を刺されており、幸四郎はその後すぐに卒倒。急いで医者のもとに担ぎ込まれたが、血を流し過ぎたようでそこでこと切れたらしい。

「背後から襲われたか」

「私も詳しいことは知りませんが……背後に誰かが立っていたということはなかったとのことです」

「どうなってんだ」

蘭次郎は拳を握りしめた。

家士は幸四郎を挟むように左右を歩いていたという。これではすれ違い様の抜き打ちは難しい。幸四郎も三郎太には劣るとはいえ、道場で鳴らした男である。背後から忍び寄る跫音《あしおと》があれば気付くはず。現に背後に人影は無かったのだ。では下手人はいかにして幸四郎の項を刺したのか。

己は鬼のような形相になっているのだろう。舂き米屋が顔を引き攣らせている。

「すまない……」

「いえ……桝本様に続き、出田様もとなると。若様がお怒りになるのも当然です」

舂き米屋は同情の言葉を残して帰っていった。

——林右衛門と話す必要がありそうだ。

蘭次郎は一人になると、すぐに自室に籠って文《ふみ》を書き、国分家に中間を走らせ届けさせた。幸四郎の骸は詳しく調べられることになろう。そうなれば葬儀は何日か先になる。葬儀で顔を合わせたとしても、話していては目付に見咎められてしまう。少しでも早く今後のことを話したかった。

林右衛門から返事があったのは、翌日のことである。

「あいつめ……」

それを読んだ蘭次郎は、文を握りしめた。

——こちらで何とかする。これからは一切関わりを持たない。

要約するとそのようなことが書かれていたからであった。林右衛門の言う「何とかする」がどういうことなのか、見当は付かない。だが、臆病な林右衛門のことだ。余程の手を打つことが予想された。

さらに己に関わらないというのも、その臆病さゆえだろう。過去の行状が露見することを恐れ、縁を切ろうとしているのだ。

己を蔑《ないがし》ろにされたことは勿論だが、それ以上に三郎太、幸四郎のことを思い出して腹が立った。林右衛門は皆で共に過ごした日々の全てを、否定しようとしているように思えたからである。

「好きにしろ」

吐き捨てて文を破った蘭次郎であったが、同時にある疑念が頭を擡《もた》げてきた。

――林右衛門が何か企んでいるということはないか。

と、いうことである。

だが、すぐに蘭次郎はそれを打ち消した。まず林右衛門の腕は四人の中で最も劣る。たとえ不意打ちであっても三郎太が敗れることはない。

他の誰かに依頼したということも一考したが、やはりこれも無いだろう。林右衛門もあと一、二年のうちには婿入り先が決まり、安泰な暮らしが約束されるだろう。あの男の気質からしてそれを捨てることは考えられないし、何よりきっかけらしいものが全く無い。やはり己たちを怨んでいる何者かの仕業と見てよかろう。

「困ったぞ……」

事態を整理してことの重大さに気付き、蘭次郎の足が竦《すく》んだ。

その何者かは三郎太以上に剣の腕を持っている。しかも幸四郎は昼に斬られており、夜歩きさえしなければ安全という訳でもない。かといって屋敷から一歩も出ないなど無理である。

――護衛を付けるか。

とも考えた。しかし腕の立つ者がおいそれと見つかる訳もない。何より期限が無いのだ。仮によい護衛が見つかり、一年間身辺を固めて貰ったとする。もうそろそろ大丈夫だろうと護衛を解いた時を見計らって、下手人が襲って来るかもしれないのだ。

「こちらで何とかする……か」

林右衛門からの文に書かれていたことがふと頭に浮かんだ。林右衛門も己と同じように身を守ろうとしているのは間違いない。そうして、護衛を付ければ済む話ではないことに行きついただろう。恐らく、その上で何とかすると言っているのだ。

「なるほど。元を断つつもりか」

根本的に解決するためには下手人を葬るしかない。国分家は代々、普請に纏《まつ》わるお役目を担うことが多い。そのため人足を集めねばならず、幾つもの口入れ屋と繋がりがある。例の仕官詐欺を思いついたのも、口入れ屋で近頃は仕事を求める浪人が多いと聞いたからであった。

――裏の仕事を請け負う口入れ屋もある。

いつか酔った林右衛門が、そう話したことがある。盗み、押し込み、あるいは殺しまで。値は張るが請け負う者たちがいるというのだ。初めは皆眉唾だと思ったが、林右衛門が神妙に語るので真実だと思うようになった。三郎太が死んだ日の帰り道、裏稼業の話をしていたのもそれ故である。

「殺るのか」

蘭次郎は独り言を零してほくそ笑んだ。裏稼業の者を雇って下手人を見つけ出し、殺すつもりだと読んだ。

高くつくかもしれないが、あの臆病な林右衛門ならば、惜しまず金を積むだろう。それは己にとっても好都合である。だが、まだ問題がある。

――けりがつくまで何とか生き延びねばならない。

ということだ。

下手人は三郎太を仕留めてから、二十日足らずで幸四郎を手に掛けた。また同じ程度の時で、いやそれよりも早くまた動くかもしれない。次の標的が己だった場合どうする。屋敷に籠っていれば果たして安全なのか。白昼堂々殺しを行う下手人ならば、夜に忍び込んで来るということも皆無ではあるまい。そうなればおちおち居眠りすることさえ出来ない。

江戸を離れるのが最もよいのだろうが、己の婿入りは半年後に迫っている。蘭次郎は顎に手を添えて熟考した後、溜息と共に呟いた。

「仕方あるまい……」

林右衛門が下手人を仕留めるまで、何とか身を隠す。そこで蘭次郎が考えたのは留学である。剣術の本場は江戸であるため、そちらを学ぶためというのは言い訳に使えない。学問であれば京大坂にも優れた学者がいる。

婿養子に入るにあたり、己を見つめ直したが、未だ相応しい男とは到底思えない。故に婿入りを暫し延期してもらい、一年、あるいは半年でもいい。上方で学問を修め、然かるべき見識を身につけた上で婿入りさせて欲しい。これならば父、養子先も納得すると読んだ。

だがどこに行くにしても、その道中で襲われることも考えられる。

——確実に姿を晦ませる方法……。

思案していた時、蘭次郎の脳裏に過るものがあった。

己は林右衛門と異なり、裏稼業の者への伝手は無い。

だが、例外がある。

金さえ払えば如何なる者も晦ませる。

そんな男が江戸の町で噂になっていることを思い出したのである。その男に繋ぐ術《すべ》は幾つかあるらしいが、己が耳にしたのは星ノ山日吉山王大権現《ひえさんのうだいごんげん》社の鳥居から数え、四つ目の石灯籠の裏に書状を埋めるというものであった。駄目元でやってみる価値はあると考えた。

「くらまし屋か」

蘭次郎はぐっと拳を握ると、さっそく文机に向かった。まさか己がこのような裏稼業の者に縋ろうとは思ってもみなかった。

思い描いた明日が歪《ゆが》んでいく不安を払拭《ふっしょく》するように、蘭次郎は黙然と筆を走らせた。

# 第二章　五十両の男

一

林右衛門《りんえもん》は、掻巻《かいま》きを跳ね飛ばして目を覚ました。何者かに首を刎《は》ねられる悪夢を見たのだ。

襖《ふすま》の僅かな隙間から茫《ぼう》とした藍色の光が差し込んでいる。間もなく夜が明けるのだ。もうすぐ春の盛りとはいえ暁《あかつき》はまだ冷える。それなのに寝間着にはじっとりと汗が滲《にじ》んでいる。

「くそっ……何で俺が」

林右衛門は掻巻きの端をぎゅっと握りしめた。

三郎太《さぶろうた》、幸四郎《こうしろう》と立て続けに殺された以上、もはや己も狙《ねら》われていると考えて間違いない。こうなっては外に出るのも恐ろしく、幸四郎の葬儀にも参列しなかった。

仲間の蘭次郎《らんじろう》が、今後のことを話したいと言ってきたが、断った。三郎太の最後の姿を見たのは蘭次郎である。確かに三郎太の剣腕《うで》は頭一つ抜けていた。だが心を許した蘭次郎ならば、油断したところを討てたかもしれない。二人が仲違いしたとは聞いていないが、一度疑いはじめると払拭《ふっしょく》することはできなかった。

——信じられるのは己だけだ。

そう思い極めた林右衛門は独りで動くと決めた。

護衛を付けることも考えたが、それではいつになっても解決しない。最も確かなのは下手人を除くことである。奉行所の者が捕まえられればいいが、それを悠長に待ってはいられない。

そこで林右衛門は、

——裏稼業の者に始末させる。

と考えた。国分《こくぶ》家は代々普請方や作事方を命じられることが多く、役目柄、幾つもの口入れ屋と取引きがある。その中の一つ、「四三《よみ》屋」が近頃「暖簾《のれん》分け」した。父と子で別の店を構えることになったのだ。

不仲のようにも聞こえるが、そうではないらしい。父親の目の黒いうちに、子に経験を積ませるためであるという。

その息子の名を利一《りいち》と謂《い》う。

「大層、悪さをなさっているようで」

この利一がある時、林右衛門に囁《ささや》きかけて来たのでぎょっとした。強請《ゆす》られるのかと思ったが、利一はそのようなつもりはないと断言した。

「やんちゃをなさっていればお困りになることもありましょう。その時はお力になれるかと思います」

と言って、裏の道に通じた者がいること、それらを紹介出来ることを匂わせた。

世に光があれば闇もある。それは林右衛門にも解っていたが、生涯そんな者に接することは無いと思っていた。己は陽の当たる道を進むものと信じて疑わなかったからである。

だが、話には興味があった。安全なところから聞く闇の話は、御伽噺《おとぎばなし》や講談のように、ただ面白かったからである。

幸四郎が死んだと聞いた翌日、林右衛門は屋敷の者に四方を囲ませて、四三屋に向かった。そして店の奥から現れた利一に対し、開口一番、

「頼みたい」

と言ったのだ。こちらの深刻な表情を見て察したのだろう。利一は内暖簾の奥へと誘《いざな》った。連れて来た家の者は表で待たせ、林右衛門は座敷で利一と向かい合った。

「桝本《ますもと》様、出田《いずた》様、ご両人の件ですな」

流石《さすが》に耳聡いようで、利一はそう切り出した。

「ああ、そうだ。下手人を見つけだして始末したい」

「畏《かしこ》まりました」

利一は懐から一冊の帳面を取り出した。

「以前……お主が言っていた男。炙《あぶ》り屋がよい」

大金は掛かるものの、たとえ相手の正体が判らずとも炙り出して始末する。そのような男がいることを以前、利一が言っていたのを覚えている。今回の件において、これほど打ってつけの男はいないだろう。

「ほう。困りましたな」

利一は鴟《みみずく》のような声を発して目を細めた。

「何がだ」

「裏稼業の者を紹介出来ると申し上げたのを覚えておられますな」

「ああ、故に頼ったのだ」

「こうして依頼に来て下さったので実情を申しますが、私が直接抱えている者の中に炙り屋はおりません。私のみならず他の口入れ屋も同じ。炙り屋は独りで動くのです」

「何……」

あてが外れ、林右衛門は下唇を噛《か》み締めた。

「しかしですな、炙り屋の他にもよい者がおりますのでご安心下さい」

そう言って利一は帳面をはらはらと捲《めく》る。しかし林右衛門は、手を上げてそれを制した。

「炙り屋がいい」

何故そこまで拘《こだわ》るのか。それは炙り屋が、未だ一度たりとも仕事をしくじったことがないと聞いていたからである。わが命に係わることとなのだから、ここは妥協したくはなかった。

「そうですか」

利一は帳面をぱたんと閉じて続けた。

「炙り屋へ繋《つな》ぐ方法は存じ上げています」

「真か」

「ええ。ただし私も商売ですので、こちらを頂きたいと」

利一は微かに頰を緩め、指で輪を作ってみせた。

「よかろう。幾らだ」

「十両と致します」

高いと言い掛けたが、気を悪くされてはまずい。林右衛門はぐっと堪《こら》えて頷《うなず》いた。

「分かった。これでいいだろう」

金が掛かることは承知の上だった。二十両持って来ている。そのうち十両を取り出して利一に手渡した。

「ありがとうございます。では、炙り屋へ繋ぐ方法ですが……」

利一が滔々《とうとう》と語った。少し手の込んだ方法である。

まず京橋《きょうばし》筋の鈴木町《すずきちょう》に読売書きを生業《なりわい》とする文吉《ぶんきち》という四十絡みの男がいる。文吉が出している読売は、どこどこの娘が身投げしたのはどこどこの旦那に言い寄られたからだの、先月の流れ星は実は天狗だのという噂話ともいえぬものばかり。誰が読んでも嘘と解るのだが、それを承知で娯楽のために買う者がいるらしい。

その文吉に一両を渡して自らの素性を告げる。すると十日おきに出るその読売の端に、

——小田原《おだわら》の旅籠《はたご》「かみ屋」の裏の商い。

という記事が載るらしい。仲居に春を売らせているだの、枕探しが出るだの、根も

葉もない話である。それもそのはず、そのような旅籠はそもそもないというのだ。これこそが誰かが依頼したいと望んでいることを、炙り屋に伝える方法らしい。炙り屋は文吉から依頼主のことを聞き、向こうから会いに来るというのだ。

こうして林右衛門は四三屋を出たその足で、教えられた文吉の元へ向かい、一両を渡してこちらの姓名も告げた。

それが七日前のことである。新たな読売は、すでに四日前に刷られており、件の記事が載っていることも家の者に確かめさせている。

やることはすでにやったが、まだ炙り屋からの接触は無い。己は屋敷から出ないのだから、どうやって近づいてくるというのか。もしかしたら全てが嘘で、利一に謀《たばか》られたのかもしれないという疑念も湧く。

この数日で林右衛門の心はさらにすり減り、連日悪夢に魘《うな》されていた。

「え……」

林右衛門は息を呑んだ。気のせいではない。僅かな襖の隙間。差し込んでいた光が一瞬遮られたからである。枕元の刀掛けに手を伸ばす。下手人が屋敷に侵入したのかもしれない。

「止《や》めておけ」

襖の向こうから低い声が聞こえた。胸が爆《は》ぜそうなほど高鳴る。

「く、曲者——」

「お主が頼んだのであろう」

叫びかけるのを男の声が遮った。

「炙り屋……」

「刀から離れよ。手を伸ばせば殺す」

「は、はい」

林右衛門は布団から出て、部屋の隅に後ずさりした。その気配を察したのか、ゆっくり滑るように襖が開く。そこには菅笠《すげがさ》を被ったすらりとした男が立っている。

男は部屋に足を踏み入れると、また静かに襖を閉じた。いざという時、すぐに手を掛けられるように、襖は一寸（約三センチ）ほど開いている。そこから淡い光が部屋に一筋伸びていた。男はその光を踏むように少し近づいた。

「どうやって入ったのです……」

「それはどうでもよい。話を聞こう」

男は畳に声を落とすように静かに言った。

「仕留めて欲しい者がいるのです」

「それが判らぬから困っています」

「なるほど」

「出来ませぬか……？」

「いや、必ず炙り出す」

その一言を聞いて林右衛門は胸を撫《な》でおろした。

「実は……」

林右衛門は今、己たちの身に降りかかっていることを詳《つまび》らかに話した。炙り屋は相《あい》槌《づち》を打つ訳でもなく黙然として聞く。全てを語り終えると林右衛門は、

「下手人を討ち果たし、我らを守って頂きたいのです」

と、最後に結んだ。その時、初めて炙り屋が首を捻《ひね》る。

「依頼はそれでよいのか？」

「はい」

「では受けられぬな」

「何故ですか――」

林右衛門が声を荒らげそうになると、炙り屋は素早く腰の刀に手を下ろした。


「何者だ」

「二度は言わぬ。大声を出すな」

「わ、分かりました……しかし何故……まさかあなたが私を……」

己を狙っている下手人の正体。それがこの炙り屋ではないかと脳裏を過《よぎ》ったのだ。

「それは無い」

落胆させられたり、安堵《あんど》させられたりと感情がおかしくなってしまいそうである。

林右衛門は深く息を吸い込んで改めて尋ねた。

「何故ですか」

「お主に答える必要はない」

意味が解らない。そもそもこの炙り屋が偽物、そのようなものは端《はな》からおらず、利一と組んで騙《だま》そうとしているのではないかとも考えた。しかしこの男の佇《たたず》まいからは得体の知れぬ凄みを感じる。騙すにしても、屋敷にわざわざ現れるなど、手の込んだことをする必要も無いだろう。

茫然自失の己に対し、炙り屋は憐れむような目を向ける。

「こちらの都合だ。他を当たれ。言っておくが、俺と会ったことは他言するな。すれば、殺す」

炙り屋は冷たく言い放つと、身を翻《ひるがえ》して部屋から出て行った。

まるで全てが夢だったのではないかという気さえしてきて、林右衛門は腕を抓《つね》った。

二

炙り屋が部屋を訪れた日、林右衛門はまた四人の家士を付けて四三屋に向かった。

「話が違う！」

そう詰め寄ったが、利一も訝《いぶか》しそうに首を傾げた。

「はて……条件は全て満たしていると思いますが」

「だが実際に断られたのだ」

「私の想像ではございますが、恐らく依頼の内容が炙り屋の仕事の流儀に合わなかったのでしょう」

裏稼業の者の多くが己の流儀や、掟《おきて》というものを持っている。林右衛門の依頼の中に、その流儀に反する何かがあったのではないかと利一は言った。利一も一緒に考えてみてくれたが、理由は判らない。そこで新たな提案をしてきた。

「炙り屋ではなく、別の腕の立つ者をご紹介いたしましょう」

「しかしだな……」

「うまく話が纏《まと》まらなかったお詫びとして、前回頂戴《ちょうだい》した十両はその頭金とさせて頂きます」

四の五の言っていたところで始まらないのも確かである。林右衛門は渋々頷いた。

「どのような者だ」

「そうですな……」

利一は帳面を捲り、こちらを上目遣いに見ながら続けた。

「この裏稼業において荒事を請け負う者を『振《ふるい》』と謂います。依頼が纏まるまで名は明かせませんが、最強の『振』と呼ばれた男です……まあ、男ですな」

利一は、話の最後で、何故か首を捻った。

「勝てるか」

「今解っているのは、下手人の腕が桝本三郎太様より上ということだけ。つまりどれほどの達人か見当は付きません。しかし……」

「しかし？」

利一が勿体《もったい》ぶるように言うので、林右衛門は鸚鵡《おうむ》返しに問うた。

「その者は桝本様くらいならば、十数える間に討つかと」

「大仰に申しているだろう。三郎太は旗本の子弟の中でも二番目に強いと言われていた。その上の者がいなくなってからは敵なしだったのだぞ」

「根拠あってのことです」

利一の表情には自信が満ち溢れている。口から出任せという訳でもないらしい。

「で、金は幾らだ」

「百両」

聞くや否《いな》や、利一は短く言い切った。

「そうか……その者に頼むのは難しそうだ」

流石にそれほどの大金は持っていない。炙り屋の相場は三十両から五十両ときいていたので、それが精一杯である。

「御父上にご相談なされればよろしいかと」

「無理だ。今は己に少しでも良い養子の口を見つけようと、方々に金を使って周旋して下さっている。その上、さらに大金が必要となれば家が潰れてしまう」

「潰す覚悟を決めればよろしい」

「何……」

「仮に身代を潰すことになろうとも、思いを遂げたいという御方を多く見てきました。ましてや命に値は付けられません」

「しかしだな……」

林右衛門は頰を歪《ゆが》めた。仮に生き残ったとして、どこかの婿養子に入れなければ、己は一生部屋住みの身で終わってしまう。それどころか国分家が傾いてしまうかもしれない。この件は己の手持ちでどうにかするしかないのだ。

「無理強いはいたしません。では、幾らまでならばつぎ込めるか、お聞かせ願えますか？」

「前に渡した金も合わせ、五十両といったところだ」

「なるほど。では適当な者が一人」

利一は再び帳面に目を落として言った。

「どのような者だ？」

「強さは間違いないかと」

「下手人よりか？」

林右衛門が続けて訊くと、利一は少し呆れたような顔になった。

「先ほども申し上げた通り。下手人の強さが判りかねます。ただ……この男が桝本様より上なのは確かです」

何故、そう言い切れるのか不審ではある。まず己や幸四郎は、四人の中で二番目に強い蘭次郎に十中八九負ける。その蘭次郎ですら、三郎太には十のうち一つ取れればよいというほど。三郎太の強さは圧倒的であったのだ。

「如何《いかが》？」

「お主の言うことが真ならば、その者で」

「それでは先に頂いた十両に加え四十両。しめて五十両を」

「解った。当家に取りに来てくれ。それより、その振は如何なる者だ」

話は纏まったのだから聞かせて貰わねばならない。そうでなくば安心出来なかった。

「桝本三郎太様は旗本の子弟の中でかつては二番。そう仰《おつしや》いましたな」

「ああ、それは間違いない」

「一番と二番にはまた大きな開きがあったかと」

「確かにそうだ……」

林右衛門は驚かなかった。この話にかぎっては、利一が特別世相に通じているという訳ではない。その「一番」はあることで府内を賑《にぎ》わした有名人だからである。

利一はそれ以上何も言わず、じっとこちらを見つめている。それで林右衛門ははっと息を呑んだ。

「まさか――」

「はい。五十両の男。この度、国分様の依頼を受ける者は……油屋平内《あぶらやへいない》」

林右衛門は絶句して声も出なかった。

油屋平内。元は御使番、油屋家二千石の次男である。五歳の頃から剣術の修行に入り、瞬く間にその剣才が開花した。十歳の時に小栗《おぐり》流の目録、十四歳で皆伝を得たというから凄まじい。

同じ部屋住みだが、こちらから打診せねばならない己たちとは違い、平内には数多《あまた》の家から是非とも養子にと声がかかった。

――未だ修行の身なれば。

と、平内は悉《ことごと》くそれらの縁談を固辞していた。その姿勢が好ましいと、諦めるどころか、養子に欲しいという者がさらに殺到した。

状況が一変したのは二年前のことである。数年前から年に二、三人、辻斬りに遭う者が出ていたが、その下手人に平内が浮上したのだ。油屋家に仕《つか》える下女が洗濯の時に、肌着に付いた僅かな血に気付いた。それが辻斬りの行われた日であったから、下女は恐ろしくなって主人をすっ飛ばして奉行所に駆け込んだのである。

たちまち油屋家に目付筋の者が来た。五人で詰め寄ったが、平内は黙然として項垂《うなだ》れるのみ。遂には下女をその場に呼び寄せて証言させた。するとそれまで抜け殻のようになっていた平内が、くくと笑い始め、やがてそれは部屋中に響き渡るほど大きなものとなった。

そして平内は突如として目付配下の者たちに躍りかかったのだ。四人はその場で絶命。残る一人も重傷を負って三日後に命を落とした。五人を斬った平内は、部屋の隅で震える下女にゆっくり近づくと、

――告げ口するとは酷《ひで》えよ。

と、笑い混じりに言ったという。重傷を負って後に死んだ目付配下が耳にしている。平内は下女も一刀のもとに斬り伏せ、屋敷から遁走《とんそう》した。これが後に「油屋事件」と呼ばれるようになった出来事の顚末《てんまつ》である。

その平内が裏稼業の道に足を踏み入れ、刀でもって依頼をこなす「振」となっているとは、林右衛門は夢にも思っていなかった。先程、利一が百両といった最強の振は暫くの間姿を消していたらしく、その穴埋めのように平内は暗黒街で重宝され、一年目から多くの案件に関わって来たという。

「正直、驚いた」

「ええ、今年からは色々使いにくくなりましたがね……」

利一は苦笑しながら零した。

「どういうことだ?」

「これは口が滑りました。こちらの話です。国分様が依頼をなさる分には何もご心配はいりません」

裏の道にも様々なことがある。利一はそう濁して話を戻した。

「では早速、油屋平内に繋ぎ、下手人を探らせましょう。そしてその後に……」

利一は手を刀に見立てて自らの首をすうと撫でた。

「頼む」

桝本三郎太が十年に一度の逸材ならば、油屋平内は百年に一度の天才と呼ばれていた。この数日、笑うことは疎《おろ》か気が休まる時も無かった。だがそれほどの男が動くと聞き、ようやく安堵が込み上げてきて、林右衛門は頬を緩めて頷いた。

三

風の中に甘い匂いが漂うようになってきた。境内の桜も蕾《つぼみ》がだいぶほころんできて、春を感じさせる。

堤平九郎《つつみへいくろう》は氷川《ひかわ》神社の隅で飴《あめ》細工を商っていた。毎月十五日は縁日で、この日には屋台車を曳いて来ることにしている。

だが、依頼に奔走していれば、そちらが先で、毎月必ずとはいかない。この冬は老中松平武元《まつだいらたけちか》というかつてない大物からの依頼があった。その後にも細々とした依頼が続いたことで、ここに来るのは三月《みつき》ぶり。昨年の霜月《しもつき》（十一月）以来だ。

平九郎は人の流れから目を切り、屋台車の炉《ろ》に火箸で丁寧に炭をくべた。飴細工商いをするにあたって、もっとも元手が掛かるのはこの炭代である。いつ客が来てもいいように常に飴を緩めておかねばならない。適当に放り入れるのと、火の流れを読んで並べるのでは、倍ほど持ちが変わってくることもあるのだ。

「財布の紐《ひも》が固いな」

平九郎は苦笑しつつまた人の流れを見つめた。

宝暦《ほうれき》に入ってより、各地で飢饉が起こっている。江戸や大坂には日の本中の米が集まるため、食うに困るということはないものの、米価が上がれば家計を圧迫するのは間違いない。世の中に倹約の雰囲気が流れており、たとえ五文の飴といえども売れ行きが悪くなる。

一方で銭はあるところにはある。大丸《だいまる》、越後《えちご》屋、白木《しろき》屋などの三大商家やその系列の店。高利貸しなどの銭で銭を生む商いに携わる者などは商人の中でも格別羽振りが良い。

武士では千石以上の旗本などだろう。旗本は領地を直に持っている訳ではないため、小大名などよりもずっと暮らし向きは贅沢である。

では己たちのような裏稼業の者はどうか。

これも実は表とさして変わらなかった。腕のある者、実績のある者には山ほど依頼が殺到し、反対に無い者は食うにも困るという有様。ただ表と違うのは、食うに困る前に死んでその道から消えてしまう者が多いことか。

己は表の稼業は決して繁盛している訳ではないが、裏の稼業ではひっきりなしに依頼が来ているという状態であった。

「飴だよ。五文で好きな形の飴を作るよ」

職人風の親子が近くを通ったので声を掛けた。子どものほうは物欲しそうにしているが、父親が窘《たしな》めてぐっと手を引いていく。このような光景は今日だけでも何度も見て来た。

――そろそろ店仕舞いにするか。

そうは思ったものの、折角、炉に炭を足したのだから、もう半刻（約一時間）だけ粘ろうと考え直した。

その時である。平九郎の眼に見覚えのある人が飛び込んで来た。

「ご隠居」

三月前、最後にここに来た霜月十五日は、三歳の幼児が髪置き、五歳の男児が袴着《はかまぎ》、七歳の女児が帯解きを行う、いわゆる七五三の日であった。恐らく娘が七つだったのだろう。父と母、そして祖父の四人で参拝にやって来た家族がいた。娘が飴をせがみ、渋る母親に代わって祖父が買ってやったという一幕があった。平九郎が見たのはその祖父であった。

「これは……」

爺様はこちらに気付いてゆっくりと近づいて来る。

「お久しぶりです」

「ああ、三月ぶりかな。師走《しわす》(十二月)の縁日にも来たが姿が見えなかったよ」

「少し立て込んでおりまして」

まさか裏稼業が忙しくて来られなかったとはいえず、そのように濁した。

「今日はお一人で？」

平九郎は周囲を見回しながら尋ねた。

「前回は帯解きだったからね」

爺様は寂しそうに苦笑した。孫が付いて来てくれなかったというところであろうか。

「確か……お彩《あや》ちゃんといいましたか」

「よく覚えてくれているね」

「女の子は卯《うさぎ》や酉《とり》の飴を欲しがるのが相場ですけど、子《ねずみ》がいいと言ったので覚えているのですよ」

「ああ……そうだったか」

爺様は遠くを見つめるような目になった。歳を取ると時の流れを早く感じる。己でもそうなのだから爺様は猶更であろう。たった三月前のことでも懐かしく思えるのかもしれない。

「お彩ちゃんは元気ですか？」

「おかげ様で」

「毎月とは限りませんが、縁日の時はいますので、また一緒に寄って下さい」

平九郎は頬を緩めたが、爺様はゆっくりと首を横に振った。

「残念だが、なかなか来られそうにないのさ」

一瞬、参勤の期間が終わって国元に帰らねばならないのかと思ったが、確か爺様は御徒士《おかち》の隠居と言っていたはず。お彩は台所に出る鼠《ねずみ》が可愛いからと子の飴を頼み、母に窘められていた。暮らし向きが楽ではないことが窺え、そちらが理由ではないかと察した。

「ご隠居、少し待って下さい」

平九郎が屋台車の鍋の蓋《ふた》を取ると、ふわりと湯気が立ち上った。その中から適当に飴を取って手で丸める。

「いや――」

「お代はいりません。お孫さんへの土産《みやげ》になさって下さい」

爺様が断ろうとするのを遮って、平九郎は微笑した。その時にはすでに飴の形を整え終え、葦《あし》の棒に刺している。

「……すまないね」

「どうせ今日は飴が余りそうなんで、気にしないで下さい」

鋏《はさみ》を手に取ると、平九郎は飴に細工を施し始めた。鋏の小気味よい音は雑踏の中でもよく響く。爺様がじっと手元を見つめている中、十数える間に子の形に仕上げた。

「はい。どうぞ」

「ありがとう。きっと、お彩も喜ぶ」

爺様は飴を受け取ると、口を結んで深く頷いた。

「では、また」

「達者で」

爺様はふっと軽く息をはいて礼を言うと、飴を握ったまま人の流れへと戻っていった。

「達者で……?」

平九郎は口内で転がすように繰り返した。もしかすると己は思い違いをしていたのかもしれない。前に会った時よりも爺様は明らかに元気が無かった。最後に見せた笑みもどこか儚《はかな》さが滲んでいたように思う。年恰好を考えれば、何か大きな病でも患っているのかもしれない。

――儂《わし》はやっとうだけやって、内職は妻に任せきり。随分苦労を掛けたせいで、早死にさせちまった。

三月前、爺様がそのように言っていたことを思い出した。若い頃はなかなかの遣い手であったらしい。幾ら躰を鍛え、剣の技を磨いたところで病には勝てない。それは己とて同じである。若くとも病むことは珍しくないのだ。そうなる前に妻と子を必ず見つけねばならない。先程の爺様がどこか将来の己に重なり、平九郎は未だ絶えない人波をみつめながら、そのようなことを考えた。

## 四

氷川神社の縁日の翌日、平九郎は星ノ山日吉山王大権現社《ひえさんのうだいごんげんしゃ》に向かった。今日は流しで飴を売りながら、依頼が無いかを確かめて回っている。

くらまし屋に繋ぐ方法は幾つかある。この社の鳥居を潜り、四つ目の石灯籠《いしどうろう》の裏に文《ふみ》を埋めるというのもその一つなのだ。土を掘り起こした様子がなければ何食わぬ顔で通り過ぎる。この場所に依頼の文があるのは年に一回程度。大抵は確かめるだけで終わる。

だがこの日は違った。明らかに土を掻いた跡があったのである。しかも様子からそれほど時は経っていない。

「さて……」

参拝客が疎《まば》らにいる。人影が絶えるまで、飴の様子を確かめる素振りをして待った。四半刻（約三〇分）も経たずして機会が巡ってきたので、平九郎は胸元に仕込んだ銑《せん》鋧《けん》を取り出して素早く灯籠の裏を掘った。銑鋧とは手裏剣とも、寸鉄とも謂う暗器である。飴屋を装っている時は刀を差せぬが、この銑鋧だけはいつも肌身離さず持ち歩いている。

すぐに地中から白いものが見えた。文だ。土も払わず懐に捻じ込むと、足で土を戻して穴を埋め、何食わぬ顔で社を後にした。

平九郎が己の長屋に戻ったのは申《さる》の下刻（午後五時）。真冬に比べれば随分と日が長くなったものの、町はぼんやりと茜《あかね》に染まっている。

先程の文の土を土間で払うと、格子戸から零れる淡い光に翳《かざ》しながら開いた。

「小山蘭次郎……」

差出人の名である。二千五百石を食《は》む大身旗本の次男らしい。ご丁寧に己の素性まで記してあるのは、礼儀や親切故ではないことを知っている。得体の知れぬ者に依頼するのだから、明らかにするのは恐ろしさがあるはず。過去の依頼に鑑みて、このように自ら明かして来る者は、多少なりとも己の身分への驕《おご》りがあるのだ。

もっとも隠そうとしても、明らかにしていても、己の手で依頼人の素性を調べ上げるのは変わらない。

翌日、平九郎は小山家の屋敷へと向かった。番町《ばんちょう》は多くの武家屋敷が立ち並んでいるため、飴屋よりも武士の姿のほうがよく馴染む。どこかの歴とした旗本に見えるように装っている。

一所《ひとつところ》にいては怪しまれるため、時に場所を変え、ずっと小山家を見張っていたが、中間や家士の出入りこそあるものの、依頼主らしい男は出てこない。

——今日は出ぬか。

翌日もまた衣服を替えて見張ったが、同じである。丸二日くらいならば屋敷を出ぬこともあるかもしれぬが、平九郎には何かが引っ掛かった。そこで屋敷から出てきた中間の後を尾行し、

「落としたぞ」

と、手拭いを手に声を掛けた。これはただの方便で、手拭いは己のものである。

「ええと、私じゃございませんよ」

中間は一応腰をまさぐったものの、当然そう答える。

「違ったか。すまない。お主……小山蘭次郎の家の中間ではないか？」

「はい。左様で」

どこかで会ったかというように、中間は訝しんで首を捻る。

「覚えておらぬか。蘭次郎の先達の喜左衛門《きざえもん》だ」

「道場の」

何の先達か言わなかったのは話を引き出すためである。中間が剣の先達だと考えたということは、学問よりもそちらに熱心なのだろう。

「そうだ。一度、屋敷の前で見送った時にお主を見た」

「それは失礼致しました」

「蘭次郎は達者か？　近くまで来たのだ。今から呑みに誘うのも一興かもしれぬな」

「それが……」

「どうした？」

「今、若様は屋敷から出ようとなさらないのです」

「あの蘭次郎がか？」

　これも別に蘭次郎の気性や振る舞いを知っている訳では無い。こう言えば勝手に中間が解釈するだろう。曖昧に話すのが引き出すこつである。

「確かに毎日、毎夜、出歩いておられたのですが、ここのところはとんと……よほど応えておられるのでしょう」

「あのことか」

　知っている素振りを崩さず、平九郎は大袈裟に眉間《みけん》に皺《しわ》を寄せた。

「仲の良かった御方が二人、立て続けに亡くなられたのですから、ご無理もありません」

　――なるほど。

何となく状況が読めて来た。蘭次郎は何者かに命を狙われているのではないか。そのため、屋敷から極力出ないようにしているのだろう。

「引き止めて済まなかった。誘うのは止めておこう。蘭次郎に気を遣わせても悪い。拙者が誘おうとしていたことは言わないでくれ」

「お気遣いありがとうございます」

中間は頭を深々と下げて去っていった。

──忍びこむしかなさそうだな。

平九郎は顎にそっと手を添えながら、そう決意した。

五

小山蘭次郎は、心の臓が止まるのではないかというほど吃驚《びっくり》した。眠っていたところ息苦しくなり、目を覚ますと眼前に見知らぬ男の顔があったのだ。叫ぼうとしたが男の手が口を強く塞いでいる。

──殺される。

下手人が屋敷に忍び込んで来たのだと疑わなかった。これは誰なのかという疑問も脳裏を駆け巡る。やはり見たことが無い男で、怨みを買うような覚えはない。人違いだと言いたいが、息を吸うことも出来ず呻《うめ》くのが精一杯である。

「依頼を聞きに来た」

その一言で下手人ではなく、くらまし屋であることを悟った。安堵と同時に早くも嬉しさが込み上げて来る。誰にも気づかれずに屋敷に忍び込めるのは、くらまし屋の腕が確かだという証左だからである。

「手を離す。叫べば殺す」

蘭次郎がこくこくと頷いて見せると、くらまし屋はゆっくりと手を離した。

「くらまし屋……」

「話を聞こう」

くらまし屋はそう言うと、陽炎《かげろう》の如くゆらりと立ち上がって襖の傍へと場所を移した。何か不穏なことがあればすぐに脱出するためだろう。

「まず桝本三郎太のことから……」

蘭次郎は身を起こして布団の上に座ると、これまでの経緯を漏らすことなく詳らかに語った。くらまし屋は相槌を打つ訳でもなく、静かに聞いている。

「と、いう次第で。ここまで他人に恨みを買った己のこれまでの人生が嫌になり、晦まされたいと……」

「解った。話を進める前に、こちらの掟も伝えておく」

そう言うと、くらまし屋は依頼を受ける上での七つの掟を語った。その最後の一つを聞いて、蘭次郎は顔に出さぬように努めたものの、まずいと内心では焦っている。
七、捨てた一生を取り戻そうとせぬこと。

というものである。

林右衛門は、恐らく裏稼業の者を使って下手人を始末しようとしている。その片がつくまでの間、己が狙われるのを避けるため、蘭次郎はくらまし屋に依頼しようと思ったのだ。

下手人が捕まった、あるいは死んだと解った暁には家に戻り、晴れて養子入りするつもりでいる。だが、それはこの掟に反するのは間違いない。

「今ならば止めても咎《とが》めない」

こちらの迷いを察したかのように、くらまし屋は低く尋ねた。

――どうする。

下手人から逃れたとしても、今度はくらまし屋に追われるかもしれないのだ。だが、依頼をせずに殺されては元も子も無い。父や兄にこのことを知られては大事になるのは間違いなく、養子の話も吹き飛んでしまうだろう。そしてそのようないわく付きの男には二度と養子入りの話は回って来ない。つまり今の己にとって、この男の他に頼る者は誰もいないのである。

――そうか……良い手がある。

妙案を思いついた。そもそも下手人の正体が判らないからこそ、こうして逃げ回らねばならないのだ。だが、くらまし屋は眼前にいる。全てが終わった後で、あらためて父や兄に助けを請えば良い。依頼をしたことなど言う必要は無い。人違いで狙われているなど言い訳はどのようにでもなる。そうすれば父はまた上手く始末をつけてくれるだろう。

「お願い致します」

考えが纏まったことで、蘭次郎ははきと言った。

「……よかろう。八十両だ」

なかなかの大金である。だが、ここで出し渋れば元も子も無い。手元に三十両ほどの金はあるし、残りは父に遊学のためといって出して貰えばよい。

「三日後までに用意するということで構いませぬか」

「本郷《ほんごう》に早兼《はやかね》という飛脚問屋がある。中間にでも持たせて、そこに預けろ」

「そこが貴殿の……?」

「余計な詮索は無用だ。ただの飛脚問屋よ」

闇にもようやく目が慣れてきて、くらまし屋が睨むのが解った。

「承《うけたまわ》りました」

「依頼を受けるにあたり、二つ訊きたいことがある」

「はい」

「一つ目は改めて訊く。桝本三郎太がやられた時、本人の脇差が落ちていたことは間違いないか」

「葬式で遺族がそう言っているのを確かに聞きました」

「なるほど……」

くらまし屋は少しばかり首を捻る。それが何かと尋ねたいが、余計な詮索はするなと言われたばかりなのでぐっと堪えた。

「二つ目だ。その国分林右衛門が、裏の道の者に始末を依頼したと何故思う」

当初は掟の存在を知らなかったため、林右衛門が始末を付けるまで晦まして欲しいと依頼するつもりだった。そのためそこまで話してしまっていたのだ。

「国分家はお役目柄、幾つもの口入れ屋と懇意にしております。その中でそのような者と繋ぐ店があるとか……臆病な林右衛門のことなので、そこに頼むのではないかと予想しました」

「口入れ屋の名を覚えているか？」

「幾つかありましたのではきとは……確か福間《ふくま》屋、数《かず》屋、あとは……よ、よ……」

「四三屋か」

「はい。確かにその四三屋です。あとは……」

「もういい」

これまで感情を全く見せなかったくらまし屋だが、この時は小さく舌を打ったように見えた。

「その者が始末に成功した場合でも、もう戻ることは叶わぬぞ。それでもよいのか」

「構いませぬ。またいつこのようなことが起きるかわかりませぬ故」

くらまし屋は己の答えに頷いた。

「家には遊学と言うのだったな。そのほうが騒ぎは小さくていい。急いで話をしろ」

「と……申しますと？」

「二十日後の夜には江戸を出る。支度をしておけ」

蘭次郎は唾を呑み込んだ。思いのほか早く、急いで父と兄を説得せねばならない。

「解りました。よろしくお願いいたします」

全ては己の命のため。他のことは後でどうとでもなる。そう思い極めて蘭次郎は深々と頭を下げた。

「今一度言う。掟は必ず守れ。さもなくば……」

「解りました」

嘘を吐いているという後ろめたさから、蘭次郎は押っ被せるように答えた。

微かな風の揺れを感じて顔を上げると、すでにそこにくらまし屋の姿は無かった。襖を開閉する音すら聞こえなかった。やはり「逃げる」ということに関しては、この男に頼んで間違いなかったと蘭次郎は確信した。

## 六

小山家の屋敷に入った翌日の夕刻、平九郎は波積屋《はづみ》へと足を運んだ。すでに客が大勢入っているようで、外にまで賑やかな声が届いている。いつものように暖簾をふわりと押し上げて中に入る。

出迎える声が三つほぼ同時で重なった。茂吉《もきち》は包丁を握ったまま目尻を下げ、七瀬《ななせ》は忙しそうに肴《さかな》を運びながら首を捻り、お春《はる》は満面の笑みを浮かべて近づいて来る。

「平さん、いらっしゃい！」

「お春は偉いな」

平九郎が褒めると、お春はきょとんと首を捻る。

三人ほぼ同時だったが、二人よりも僅かに早くお春が己に気付いていた。酒や肴の注文を取って運び、空いた皿を片付けながら、常に入口に注意を払っているのだろう。

そのことを告げると、お春は少し照れ臭そう答える。

「もう一年なんだから当然だよ」

「そうか……もう一年か」

病に臥《ふ》せって余命幾ばくもない母に一目会いたい。その想いを叶えるため、閉じ込められていた奉公先の土蔵から晦ましたのが、お春との出会いだ。それから一年、また春が巡ってきた。

お春はあれ以来、実家の父や弟と会ってはいない。茂吉がたまには会えばいいと勧めたこともあるらしいが、すでに新しい母がいるのだから邪魔をしたくないと答えたという。

——それに私にとって今は皆が家族だから。

と健気に微笑《ほほえ》むので、茂吉は思わず涙ぐんでしまったという。人というものはいつから大人になるのか。少なくとも年齢でないことは、このお春を見ていればはっきりしている。お春とは反対に二十になろうが、三十になろうが、自分本位の子どものような考えの者もいるのだ。

「人のことは言えねえな」

「え？」

「何もねえさ」

己はどうだ。妻子を見つけ出したいとはいえ、裏稼業に手を染め、多くの者を殺めた。これを自分本位と言わずして何と言えばよい。こんな汚れた己を見て、妻子は何と思うだろうとずっと苦しんで来た。だが、最近ではそのことを考えぬようにしている。たとえどれほど汚れようとも、己を妻子が軽蔑しようとも、必ず救い出す。ただそれだけで己の一生は完結すると思い定めた。

——あいつとも一年ということか……。

裏稼業のことを考えたので、ふと思い浮かんでしまった。

炙り屋こと万木《ゆるぎ》迅十郎《じんじゅうろう》のことである。金さえ積めばどんな者でも炙る。つまり見つけ出し、さらにその抹殺も請け負う。くらまし屋とは対極にいる裏稼業の者であった。

これまで互いの依頼で数度かち合ったが、その実力は圧倒的であった。

お春の事件でも刃を交えた。あの時は迅十郎の依頼人が、お春の奉公先である菖蒲《あやめ》屋を潰すことを望んだ。そのために、悪事の秘密を知るお春を奪おうとしたのである。

だが、迅十郎はきっと、

――お春を奪うのが目的か。それとも菖蒲屋を潰すのが目的か。

と、依頼人に念を押していただろう。

そして依頼人は、恐らく後者を選んだ。勤めというものは状況が刻一刻と変わるものである。その中で最善の手を常に考えねばならない。あの時はお春を奪うよりも、もっと効率的に、しかも大々的に、菖蒲屋を潰す方法を得たため迅十郎は引き下がった。そうでなければ己か迅十郎、どちらかの命が尽きるまで戦っていたはずである。

昨秋、鰄《かいらぎ》党の残党に狙われた事件でもちらほらと迅十郎の影を感じたものの、その時は顔を合わせていないので、やはり一年が経ったことになる。

「平さん、平さん」

迅十郎のことを考えて茫としてしまっていた。平九郎の耳朶にお春の声、店の賑わいが戻って来る。

「ああ、すまない」

お春は少し膨れ面になって上目遣いに言う。

「顔、怖いよ」

「そうかな？　疲れているのかもな」

平九郎は、己の頬をつるりと撫でて微笑んだ。

「無理はしちゃ駄目」

「解っているさ」

「赤也《あかや》さんが来ているけど、どうする？」

普段ならば尋ねられることも無い。己が疲れていると言ったから、賑やかな赤也とは別に呑みたいのではないかと考えてくれたのであろう。こんな気遣いを見せるのも、お春を子どもと侮れないところである。

「一緒でいい。ありがとよ」

平九郎はお春の肩をぽんと叩き、奥の小上がりの端で呑んでいる赤也の向かいに腰を下ろした。

「何を話していたんだい？」

当然、赤也も己が来たことに気付いており、先ほどのお春とのやり取りも遠目に見ていた。

「大したことじゃない。立派になったな、ってな」

「お春は賢いし、もう一年経つからな。時の流れってのは早いねえ」

「歳を取ればもっと早くなるぞ」

赤也は己よりも十近く若い。同じ歳の頃、己は人吉《ひとよし》藩始まって以来の郷士出身の剣術指南役として、日々後進に稽古をつけていた。思えばあの頃の一年より、今の一年のほうが随分早く流れているように感じる。

「嫌だ、嫌だ」

赤也は顔を大袈裟に歪めて首を横に振った。

「爺様になればあっと言う間かもな」

平九郎はそう言いながら、氷川神社のあの爺様のことをまた思い出した。あの時、将来の己の姿を重ねてしまったからか、時々ふと考えてしまう。

「いらっしゃい」

七瀬が杯と徳利を置きながら声を掛けて来た。

「おう」

「肴はもうすぐだから」

言われて気付いたが、卓の上には酒だけで、肴らしいものは何も無い。他には小皿に盛られた塩だけである。赤也は湿らせた指にちょいと付けて舐《な》め、酒を流しこんでいる。

「またか……？」

平九郎は苦笑した。懐が寂しいのだろう。何故そうなったのか、赤也の場合は明白である。

「丁半で調子が良かったらしくて、最後に全部賭けたって。本当に馬鹿」

「うるせえ。丁、半、丁、半、丁、半と来てたんだ。ここまで揃うことはまずねえから、次も丁と……」

思い出して腹立たしくなったのだろう。赤也は抱え込むようにして、両手で自らの頭を叩いた。

「だから、あくまで丁半は二分の一なの。しかも重りを仕込んだ賽《さい》を使っていかさまをしているかもしれないしね」

「よくそんなこと知っているな」

赤也は驚いたように七瀬の顔を覗《のぞ》き込む。重りのために転がり方が変わり、特定の目が出やすくなる。このいかさま賽子《さいころ》に素早くすり替えて、胴元が荒稼ぎをするような賭場も存在するのだ。

「あんたが負けてばっかりだから、私なりに博打のいかさまについて調べたの」

「お前……」

赤也はじっと七瀬を見つめた。あまりないことに七瀬も戸惑ったような表情となった。

「何よ」

「もしかして俺に惚れているのか？」

「は？」

七瀬の眉間に深い皺が生じる。赤也は視線を落として、ゆっくりと首を横に振りながら、しみじみとした調子で話し始める。

「悪い……俺はお前のことを、すげえ頭のいい熊のようにしか思えねえんだ。だから諦めて――」

鈍い音が響く。七瀬が肘《ひじ》でおもいきり赤也の眉間を突いたのである。

「痛《いて》え！」

「誰が熊よ！」

「悪い。虎だったか！　そっちのほうが恰好いいもんな」

赤也が片手で拝むと、七瀬はきっと睨みつけて、また肘鉄を見舞おうとした。が、周囲の客たちも見ていることに気付いたのだろう。大きな溜息を吐いて手を下げた。

「平さん、お願い」

「任せとけ」

説教しておいてくれという意味である。平九郎は苦く頬を緩め、軽く手を上げて応じた。

「今日はいつもより少し早く閉めてくれるって」

七瀬は板場の茂吉をちらりと見て言った。

予《あらかじ》め今日は勤めの話がある旨を茂吉に伝えてあった。そこから七瀬、赤也に繋いで貰って集まったという訳である。もっとも七瀬は波積屋で働いているし、赤也も毎晩のようにここに姿を見せている。

「すまないな」

七瀬が去った後、赤也はまた塩を指に付けてぺろりと舐めた。

「おい、お前な」

「解っているよ。言い過ぎだってんだろう?」

赤也の口調は先ほどまでの軽やかなものではない。その顔も引き締まって見える。

「どういうことだ……?」

赤也は七瀬が遠くにいることを確かめると、囁くように低く言った。

「共に死線を潜っていれば、得体の知れねえ情も湧くようになっちまう。俺たちはこれくらいで丁度いいのさ」

赤也の言わんとすることが解る気がした。別に己惚《うぬぼ》れている訳でもないだろう。ただでさえ男女というものは共に過ごす時が長ければ、共に何かをしていれば、恋心が芽生えやすいものである。ましてや己たちは命を懸けての裏稼業である。そうなっても何もおかしくはない。だからこそ赤也は戯《おど》け続け、七瀬と一定の距離を保とうとしているのかもしれない。

「男と女の友誼《ゆうぎ》もあるって言う奴はいるが、俺は無いと思っている口でね」

「ほう」

「そういうことにしてるってだけで、どちらかが心をごまかしているんだろうよ」

赤也は酒を呷ると、袖で唇を荒々しく拭った。存外、男女のことをよく考えている。もしかすると赤也の実父が稀代の女形であることに関係するのかもしれない。そんなことを茫と考えながら、平九郎も自らの杯に酒を注いだ。

「ん……？　ならお前……」

今しがたの赤也の言ならば、二人のうちどちらかは、という話になるのではないかと思ったのだ。

「ねえよ」

赤也は手を軽く左右に動かしながら苦笑した。

暫くすると七瀬が肴を運んで来た。小ぶりの土鍋である。

「おお、大層じゃねえか」

「あんたのじゃないわよ」

手を揉む赤也に対して、七瀬はすかさずぴしりと返す。卓の上に置いて蓋を取ると、鍋の中に丸く籠っていた湯気が広がった。鍋の中には口を開けた大振りの蜊《あさり》が並んでいる。湯気が顔に近付くと、ふんわりと微かに甘い香りがする。

「蜊の酒蒸しだな」

「ええ、今日はいい蜊が入ったんだって」

「ちょっと待っておくれよ」

七瀬が板場を見ると、茂吉が腕まくりをして答える。忙しいのならば別に来なくていいのだが、茂吉は己には一々料理の説明をしてくれる。当人が料理のことが滅法好きで話したいというのが本音だろう。それを知っているから、三人で顔を見合わせて小さく噴き出した。

「今日はいい蜊が入ったんだ」

「ほう。旬だしな」

七瀬に今聞いたことだが、茂吉の幸せそうな顔をみていると言う気になれなかった。

「凝った料理をしようかとも思ったが、やっぱり美味《うま》い蜊はこれが一番さ」

「ふうん。手軽そうだしな」

赤也が相槌を打つと、茂吉はにやりと笑って首を横に振る。

「確かに難しくはない。だからこそ下拵《ごしら》えで味に差が出ちまう。そこは丁寧な仕事をしないとな」

蜊の下拵えといえば砂抜きである。海の水と同じ濃さの塩水に浸すのだが、これは舌で覚えるしかないという。この塩梅が少しでも狂えば蜊は上手く砂を吐き出さないのだ。

しかも、これを日蔭の涼しいところで行う必要がある。暑すぎるとまた砂を吐かない。さらにその時に蜊の殻が少し水から出る程度に浸す必要もある。重なってしまうと上の蜊が吐いた砂を、下の蜊がまた呑み込んでしまう。

「これを二刻（約四時間）から二刻半（約五時間）。短すぎたら砂が抜けないし、長過ぎたら水が淀んで蜊が死んでしまう。それが終われば、今度は水から上げて、塩を抜くのさ」

「へえ……存外、繊細な食い物なんだな」

平九郎は口を尖らせて感嘆した。砂抜きすることは知っていたが、それほど様々なことを考えねばならないとは初めて知った。

「ここまで来ればあとは九割終わったようなもんだ。しっかり蜊を擦り洗って鍋に入れる。酒を少し。醤油はほんの数滴でいい。蒸しあがって蜊が開いた頃合いで、三つ葉を載せて二十数えれば出来上がりさ」

たっぷり話しておきながら、茂吉は目で早く食べろと訴えて来る。平九郎は箸で蜊を一つ殻から摘み上げると、口の中に運んだ。

瑞々しいのだが水っぽい訳ではない。しっかりとした弾力が残っており、一噛みすれば蜊から出汁が溢れ出して旨味が舌の上に広がる。それに仄《ほの》かな醤油の香ばしさが混じり、鼻を擽《くすぐ》りながら抜けていく。

「こりゃあ、違うな。美味い」

「そうだろう」

茂吉は嬉しそうに目尻に皺を寄せた。

「これほど変わるとはな。他で食べる蜊とは別物のようだ」

そう言いながら平九郎はもう一つ口にいれる。そのあとに流し込む酒とまたよく合った。

「どんな仕事でも下拵えは大事なもんさ」

「そうなんだろうな」

飴細工屋も同じである。細工の技巧ばかりに目を奪われがちだが、飴を仕込むのが最も難しく大切なのだ。寒暖は勿論、その日の風の湿り気によっても作り方を変えねば、甘みが引き出されない。随分慣れたものだが、それでも年に一度や二度は納得出来ぬ味に仕上がってしまい、その日の商いを諦めることもある。

——分かっているよ。

平九郎は茂吉に向けて目で語った。

それは裏稼業も同じということだろう。茂吉はいつも己たちのことを心配しながら見守ってくれている。しっかり下拵えをして、出来る限り無難に終わって欲しい。そんな想いを込めた一言だと悟った。

「よし、俺も……」

「あんたは駄目」

箸を伸ばそうとした赤也の手首を、七瀬はさっと鷲摑《わしづか》みにした。

「平さん、いいだろう？」

「まあな」

平九郎は二人の遣り取りをみながら、また箸で身を挟み出して口へ入れた。

「放せよ」

「嫌」

「放すのが嫌って……お前、もしかして……」

つい先刻見た光景の再来に平九郎は顔を顰《しか》めた。だが、先ほどと異なり、七瀬は手を離すと、ぷいとそっぽを向いてその場から離れた。

「上手く追い払ったぜ」

赤也は不敵に笑うと、いそいそと蜊をせせって口へ放り入れた。美味い、美味いと繰り返して酒を呑む赤也を見て、平九郎と茂吉はやれやれという風に、顔を見合わせた。

## 七

最後の客が帰ったのは酉の下刻（午後七時）のことであった。早々に茂吉が暖簾を下ろしてくれていたお陰で、いつもより半刻から一刻ほど早い店仕舞いである。

「おやすみなさい」

店が閉まると、お春はぺこりと頭を下げて店の奥へと引っ込んでいった。しっかり者だが、やはりまだ子どもということもあって体力に乏しい。茂吉は朝の仕入れは自ら行い、お春は巳の下刻（午前十一時）まではゆっくりと休めるようにしてくれている。

「そろそろ行っていいよ」

茂吉は七瀬も片づけを早々に切り上げさせてくれた。茂吉の人の好さと働きぶりには頭が下がる。

板場の横にある隠し扉を開くと、上へと続く階段が伸びている。勤めの相談はこの屋根裏部屋で行うのだ。先に七瀬が蠟燭《ろうそく》に火を灯しに上がり、次いで赤也、平九郎の順で上る。

茫と明るい部屋の中で、いつものように三《み》つ鼎《がなえ》に腰を据えると、赤也がまず切り出した。

「どんな勤めだい？」

「旗本、小山蘭次郎と謂う男だ。命を狙われているらしい」

平九郎は蘭次郎から聞いた一切合切を、漏らさぬように丁寧に二人に語った。

「なるほど。こりゃあ……」

赤也が七瀬に視線を送る。先程はいがみ合っていた二人だが、流石に玄人とあって勤めには持ち込まない。七瀬は深く頷いて口を開いた。

「いざ動き出したら、どうも私たちの出番が無いわね」

確かに七瀬の言う通りである。今回の勤めでは対象を、つまり蘭次郎を連れ出すことは容易である。命の危険を感じて自ら屋敷を出ようとしていないだけで、別に出るなと誰から命じられている訳でもないのだ。当人が外に出てくれば、それを連れて逃げればよい。もっとも重要なのは、

――下手人から守り抜くこと。

なのである。実際に襲われて戦うことになれば、それは己の領分である。荒事においては七瀬と赤也は役に立たない。

「確かに俺に掛かっている。だが先ほどの蜩じゃないが、下拵えがかなり重要になってくる」

「下手人の正体を知ることね」

七瀬が即答し、平九郎は短く頷いた。

それがこの勤めの成否を分けると思っている。まず下手人の正体を知っているのと

そうでないのでは、守り易さが違う。全ての者を疑いながら逃げなければならないのだ。

さらに下手人は何処まで、何時まで追ってくるのかも判らない。これは何故襲うのかによるだろう。怨みが大きければ大きいほど、決して諦めず殺そうとするはず。そのためには少しでも早く、下手人が誰なのか明らかにせねばならない。

「仮に相当な怨みで、決して諦めなかったらどうするの？」

「その時は除く他ないだろう」

返り討ちにするということだ。これが最も確実に晦ませる方法であろう。

「でも、平さんがずっと傍に付いている訳にいかないでしょう」

下手人が執念を燃やしているならば、一月《ひとつき》や二月《ふたつき》の短い期間で考えていないだろう。一年、二年、場合によっては十年経とうとも討ち果たそうとするかもしれない。己がその間守りつづけるのは現実的に不可能である。

「甲州《こうしゅう》へ連れて行くつもりだ」

平九郎は腹案を初めて口にした。甲州には、くらまし屋と「契約」した村がある。

各地で飢饉が起きていることで、田畑を捨てて逃散《ちょうさん》し、江戸に出てきて仕事を求める者が後を絶たない。人手が足りなくなれば翌年の収穫も期待出来ず、それでも年貢は納めねばならないため、荒廃に歯止めのかからぬ村が続出していた。甲州の村もそのような窮地に追い込まれた一つであった。

村は人を集めたいものの、そこには大きな壁がある。見ず知らずの者に田畑を売ってはならないという法があるのだ。村内で売買しようにも人手が無い。そこで己がある提案をした。

姿を晦ました後、何処にも行くあての無い者は多い。そうした者を村に送り、逃げた者に成り代わらせるのである。村としても戻るかどうかも分からない者を待っていれば、己たちが飢え死にしてしまうので背に腹は替えられない。名主《なぬし》を中心に皆で相談して、逃げた者の人生を継がせることを受け入れたのである。

その村は幕領であるため、代官の下役がたまに見廻りに来る程度で支配も緩やかだった。仮に疑念を持たれたとしても、

――この者は昔からおりますが？

などと惚け、村ぐるみで口裏を合わせるのだから、露見することはなかった。

「甲州の村に入っても、下手人が追って来るかもしれないでしょう？」

七瀬は険しい顔で重ねて訊いた。

「それは余程のことでない限り心配無い」

「あの男がいるしな」

赤也は思い出したようで軽く手を打った。

「あの男？」

七瀬は怪訝そうに首を捻る。

「そういえば、七瀬は知らないか」

「どういうことよ。隠し事はしない約束でしょう」

七瀬は不服そうに眉間に皺を作る。平九郎は二人の話に割って戻った。

「別に隠していた訳じゃあない。いつか言っただろう。甲州の村は安全だと」

「ええ。確かにそれは聞いているけど……」

「七瀬が仲間に入る前、俺と赤也が二人でやっていた半年ほどの間に晦ました男がいる」

平九郎は視線を外して、揺れる蠟燭の火を見つめて続けた。

「今も甲州で弥太郎《やたろう》という百姓の名を継いで暮らしているが……元は『振』だ」

「『振』……強いの？」

「ああ、かなりな。本名は佐分頼禅《さぶりらいぜん》。最強の『振』と呼ばれた阿久多《あくた》と双璧。無敵の『振』と呼ばれていた男だ」

身丈六尺二寸（約一八六センチ）の大男である。その巨軀から隠密の勤めには向かなかったが、暗黒街の要人の護衛として重宝されていた。刺客に差し向けられた五人の凄腕の「振」を、無傷で返り討ちにしたと聞いたこともある。あの阿久多でさえ頼禅が護衛に付いていると聞くと、

――割に合わない。

と、断っていたというほどである。

「そんな人が何故、依頼を……」

「色々あって裏稼業が嫌になったらしい。しかも田を耕したいと本人が言い出した。だが足抜けするのは容易でない。頼禅といえども四六時中狙われては、いつかは寝首を掻かれてしまうかもしれない。それで俺を頼った訳だ」

頼禅に怨みを抱く裏の猛者たちを撒《ま》くのはかなり骨が折れた。正直、己としても五十両や百両では割に合わないと感じた。

一方、己が構築した甲州の村との取引であるが、一抹の不安を感じていた。人別帳にもしかと記された別人になるのだから、まず追手は辿り着けない。だが世に絶対は無く、万が一ということもあり得る。その時の守りを危惧《きぐ》していた時期でもあった。

そこで平九郎は妙案を思いついた。頼禅に対し、金はいらないから、

――今後、生ある限り村を守ってくれるならば受ける。

と交換条件を出したのである。

頼禅は戦うことに飽いていた訳でなく、守る価値の無いものを守り、生きるべき者を殺めることに苦悩していた。故に頼禅はこの条件を呑んだ。こうして今も甲州の村は、無敵の「振」によって守られているのだ。

「頼禅の強さは俺と互角だ。まず間違いない」

「それほど――」

いつも冷静な七瀬であるが、大声を出しかけて慌てて口を押さえた。

「特に俺のような剣客は相性が悪いからな」

己が使う井蛙《せいあ》流、厳密にいえば新井蛙流は他流の技を模倣し、それを次々と繰り出す変幻自在の剣法。頼禅には小手先の技は一切効かないし、仮に腕を一本奪ったとしても次の瞬間に己は殺されているだろう。

驚きを隠せぬ七瀬に対し、平九郎は静かに話を戻した。

「ともかく村に入ることができれば俺たちの勝ちだ。それまでの道中を守り切れるかどうか。故に下手人の正体を知らねばならない」

「なるほど……でもその小山という侍。相当、怨みを買っているでしょうね」

大身旗本の子弟の無頼は問題となっている。依頼主である蘭次郎を含めた仲間四人は、喧嘩や強請《ゆす》りは朝飯前、いかさま博打、仕官詐欺にまで手を出していたらしい。方々から怨まれていてもおかしくない。

「こりゃ調べるのに骨が折れそうだ」

赤也は項《うなじ》を掻きながら零した。

若気の至りというには少々度が過ぎる。これらの悪事は古いものになれば、四、五年ほど前からやっているものもあるらしく、被害を受けた者の数は優に百は超えよう。その中から下手人を見つける。しかも九日以内にとなれば相当苦労するだろう。

「殺すくらいだから相当怨んでいるのは間違いない。罪に大きいも小さいもないけど……より人生に影響の大きいものから調べるのがよさそうね」

「そうなると……」

すぐに調べの道筋を立て始める七瀬の顔を、赤也は目を細めながら窺った。

「やはり仕官詐欺と、いかさま博打が怪しい」

「俺は賭場か」

「博打が打てるからって――」

「馬鹿。勤めに持ち込むかよ。そんな博打なんざ胸が熱くならねえ」

　赤也は手を軽く上げて制して続けた。

「賭場が立っていたのは、二人目に殺された出田幸四郎の屋敷だろう？」

「そうだ。離れを用いていたらしい」

　平九郎が答えると、赤也は腕を組んで唸るように言った。

「もうどうせやってねえな。博打好きたちに訊き込むしかないだろう」

「確かに赤也が適任だな」

「俺の博打好きも役立つ時が来たってな」

　赤也がにかりと笑うと、七瀬は呆れたように息を漏らす。

「じゃあ、私は仕官詐欺ね。正直、こっちが本命だと思う」

「失うものが無く、しかも相手が全員武士だからな。中には腕の立つ浪人がいたかもしれない。だが、どうやって調べる」

「下手人が江戸にいるのは確か。浪人ならどうにかして食い繋いでいるはず。浪人たちの横の繋がりもあるだろうから、集まるところで訊くしかない」

「口入れ屋か……」

「うん。その他にも提灯《ちょうちん》、傘張りとかの内職をしている浪人を当たってみる」

「頼む。下手人が蘭次郎の屋敷を窺うことも考えられる。俺はそこを見張ってみる」

怪しい動きをする者がいるかもしれないと考えた。

「判るのかい？」

赤也がひょいと首を傾げた。番町は武家地である。日中は数え切れぬほどの武士の往来があるのだ。挙動だけで絞るのは流石に難しい。だが、平九郎にはもう一つ見分ける目星を付けていた。

「今回の下手人はかなり遣う」

三郎太がどのような死に様であったかは、蘭次郎にまず聞いた。腹を貫かれ、首を掻き切られていた。さらに近くには三郎太の脇差が落ちていたという。

「斬られた場所は大人がやっとすれ違えるほどの猫道だ。脇差を遣うのは理に適っている」

道場剣術と実戦では天と地ほども違う。とはいえ三郎太も一刀流の皆伝を得るほどの男であり、隘路《あいろ》では脇差を遣うほうが上手く立ち回れると判っていたことになる。

「そしてそれは下手人も同じ。得物は脇差だったと見ている。そしてまず腹を貫いたのは間違いない」

「首だったら即死。その後、腹を刺したとは考えにくいものね」

七瀬も出自柄、薙刀《なぎなた》をかじっていたことがあるらしい。実戦で遣えるものではないかもしれないが、少なくとも赤也よりは武術に詳しい。

「これが奇妙なんだ」

「え……」

「腹を貫かれたくらいでは人は死なない。そうなれば三郎太もただでは済まさないはずだ」

相討ちを狙うほどの冷静な判断は出来ないかもしれない。だが、やたら滅多、脇差で下手人を斬り付けるくらいはする。故に腹への攻撃は平九郎も常に注意しているのだ。

「だが三郎太の脇差には、僅かな血も付いていなかったとのことだ」

「つまりどういうことだい？」

赤也は全く意味が解らないようで、すぐに尋ねた。

「腹を貫いてから、首を掻き切るまでを刹那《せつな》でやっていることになる。だが、これが思いの外難しい」

平九郎は両拳を前に出す。見えない刀を握っている格好である。そして素早く突きを繰り出した。

「脇差で腹を貫いているということは、相手とかなり密着している。ここから……」

刀を引くと、目より高く振ってみせる。

「この時、腕を引くだけでは刀は抜ききれない。一歩下がる必要がある。ここから首を狙うなら再び一歩詰める。これだけのことを刹那でやるのは俺も出来ない」

「それじゃあ、まさか下手人は平さんよりも……」

「いや俺だけでなく、誰も出来ないだろう。ましてや突きは死に太刀とも言われるんだ。貫いた時に相手の躰が一瞬の内に強張り、容易く抜くことすら出来ない。何かしらの秘密があるとは思う」

平九郎は解説を終えると、ゆっくりと手を下ろして続けた。

「幸四郎を討った手口も極めて難しいものだ……いずれにせよ達人に間違いない。佇まいや足取りで見れば判る」

「猶更、正体を突き止めないとね」

七瀬は唇をぎゅっと結んだ。それほどの達人にいきなり襲い掛かられては、己とて必ず守れるとは言い切れない。やはりそれが一番の懸念である。

その時、赤也が静かに口を開いた。常の赤也の明るさは微塵《みじん》もなく、むしろひやりとするほど冷たい口調である。

「なあ、いっそのこと、もう一人を囮《おとり》にしたらどうだ？」

つまり残る一人、林右衛門を騙すなりして外に引きずり出す。そうすれば下手人は先にそちらを狙うだろう。そこを待ち構えて討てば、蘭次郎を危険に晒《さら》さずに済ませられるという策である。赤也といえども裏稼業の者。依頼人以外は何でも利用する覚悟がある。

「それがな……林右衛門は四三屋に依頼したと思われる」

「つまり護衛を？」

「いや、先に下手人を討ち取るつもりだろう」

「四三屋の裏を知っているとは、相当な悪人だな」

赤也の顔がすっと緩んで、いつも通りの表情となる。

「林右衛門を出すのは簡単じゃあない。依頼をした後は屋敷に籠るだろう」

「誰だか知らねえが、そいつが始末してくれれば俺たちも楽なんだがね」

赤也は戯けるように下唇を突き出した。軽く言っているが、事実である。別に己たちが下手人を見つけ出さねばならないという訳ではない。手を汚さずに終わるのが最もよいのだ。だが今回の依頼はそう簡単に済まないと、己の勘が告げている。

打ち合わせが終わり、帰路に就いた平九郎は夜の町を行く。その途中、先ほど二人に見せたように見えない刀で試してみた。今度は立っているためより実際に近い。

「やはり難しいか」

平九郎は月明かりに照らされる掌を見つめた。やはりこれが出来る剣客はいないだろう。何か種があるはずなのだ。

——いや、あの男なら……。

脳裏に浮かんだのは、高尾山《たかおさん》で刃を交えた虚《うつろ》の若侍であった。己はこれまでも多くの強敵と戦ってきた。迅十郎や阿久多などもそうである。だが、あの若侍はそれらとはまた違う凄みがある。戦いの中で驚異的な速度で成長を見せていくのだ。あの男ならば戦いの土壇場でやってのけそうな気もするのだ。

いずれまた邂逅《かいこう》することもあるだろう。今のままでは勝てるとは言い切れない。あの若侍には同じ技は通用しない。未だ見たことのない技を無数に浴びせかけるしか勝機は無いと思っている。

「集めねばな……」

平九郎は呟いて、夜の帳《とばり》の中に身を溶かしていった。

# 第三章　炙り屋と振

## 一

　翌日から改めて平九郎《へいくろう》は小山《こやま》家屋敷の近くをうろついていた。飴《あめ》屋ではなく、武士の姿である。番町《ばんちょう》はこのような姿の方が馴染むことに加え、もし下手人を見つければそのまま後を尾《つ》け、一戦交えることになるかもしれない。寸鉄だけで勝てる相手ではなく、両刀がどうしても必要だからである。

　十日ほど経ったが、それらしい者は現れない。それなりに遣うだろう者は散見出来るが、誰もが道場剣術と見てよく、達人という領域とは思えない。毎日のように赤也《あかや》と七瀬《ななせ》から報告が来るが、まだ二人も下手人らしき者には行きついてはいなかった。

　さらに焦り始めて、二、三日頃のこと。日中ではなく夜に屋敷を窺《うかが》っていることも考えられると思い、子《ね》の刻（午前零時）まで粘ってみたが、やはり怪しい者は姿を見せず、平九郎はようやく帰路に就いた。

御城を東に見ながら御厩谷《おんまやだに》を抜け、麴町《こうじまち》一丁目から皀角河岸《さいかち》に出て、虎之御門《とらのごもん》東の新シ橋《あたらばし》を渡る。いつもなら久保町原《くぼちようはら》から芝口橋《しばぐち》へと向かう道筋だが、今日はそのまま真っ直ぐ進んだ。これには事情があった。やがて、愛宕《あたご》神社の前を通りかかった時である。背筋に強烈な悪寒を感じた。その時にはすでに身を翻《ひるがえ》しつつ腰間《ようかん》から刀を抜き放っている。

静寂を裂くように高い金属音が響き渡った。刃と刃が交差したのである。

「お前……」

「わざと隙を作ったか。食えぬ奴だ」

刀を押し込みつつ舌打ちした男。万木《ゆるぎ》迅十郎《じんじゆうろう》である。

何者かに尾行されている気がしていた。気にすると気配が消える。誰かは判らないが、かなりの手練れであることは確か。このままでは埒《らち》が明かぬと、敢えて隙を作って見せた。すると、案の定仕掛けてきたが、それが炙《あぶ》り屋であるとは思いもしなかった。

「何用だ」

平九郎が足払いを掛けると、迅十郎は大きく後ろに飛び退いた。その瞬間に平九郎は愛宕神社の石段を駆け上がっていく。もし戦うことになっても境内なら人目に付かないためである。

長い石段の両脇に桜がずっと続いている。三日月が淡い光を落とし、薄紅色に仄かに美しく照らされて、まるで天へと続く階段を上っているような錯覚を受けた。

引き離すことも出来ないが、追いつかれることも無い。跫音《あしおと》はぴったりと追ってくる。平九郎は次の石段を蹴り飛ばすと、宙で身を捻《ひね》って刀を振りかぶった。

「天眞正自源流《てんしんしょうじげんりゅう》、風割《かざわり》」

宙に飛び上がり、自らの重みを剣に乗せて一気に振り下ろす技である。それを振り向きざまに放ったのだ。

「出たな、猿真似」

春月に照らされて迅十郎が片笑むのが判った。常人ならば退いてしまう。だが迅十郎は身をひらりと回した。その踵《かかと》が次の石段を踏んでいる。

「それは見たことがある」

迅十郎が小声で呟《つぶや》く。

耳朶《じだ》すれすれで斬撃を躱《かわ》し、回転を乗せて斬り上げた。餌を得た燕が空を目指すが如く、鋒《きつさき》が鋭く向かってくる。

――楊心流《ようしんりゅう》、玄絶《げんぜつ》。

先に頭を振り、その勢いで足を動かす。相手には一瞬、頭と足の位置がずれて見えて、間合いを見失う。地味だが、相手が全身の動きを注視する達人であるほど効果的な回避の技である。

剣は空を切り、迅十郎が些《いささ》か驚いた顔で二の太刀、三の太刀を繰り出すのを、平九郎は紙一重で躱し続けた。

「べらべらと技の名を喋《しゃべ》るものだから、口にせねば技を出せぬと思っていたがな」

やはり恐るべき男である。通常の者ならば酔狂で口にしていると見過ごす。だが、迅十郎は単に奇を衒《てら》ったものではないと看破していた。心で唱えて技を出せるようになった今でも、その油断を突くことが出来るため、平九郎は進んで技の名を口にしていた。つまりは手練れへの対策であったが、この奇襲も迅十郎には通じなかった。

さらにこれがただ躱しているだけでなく、歴とした「技」であることを見抜いている。しかも己が扱う井蛙《せいあ》流の秘密にも半ばまで到達していた。

井蛙流は一度見た他流の技を模倣する。流派ではなく技である。それを切り取って躰《からだ》に技を覚えさせるのだ。その数が数十ならばまだよいが、百を超えた辺りからは、技を瞬時に再現することが難しくなる。平九郎はここで行き詰まった。

師匠はどのようにしているのかと訊いた。師匠は己の数倍もの技をその身に宿しており、心の中でいつも名を念じているというのだ。だが、当時の平九郎にはこれが出来なかった。そうすると師匠は、

――いっそ口で唱えてしまえ。

と、快活に笑って助言してくれた。

これは効果覿面《てきめん》で、言葉と技を紐《ひも》づけることで即座に繰り出せるようになったのだ。そこから平九郎も修行を重ね、場数を踏むことで、師匠のように心の中で唱えるだけでも技を出せるようになっている。だが、これまで迅十郎との闘いでは、常に技の名を口に出し続けた。奥の手は残しておくもの。真に死に接した時に打破することが出来ないからである。

「天心流《てんしんりゅう》、落夜《らくや》」

迅十郎の突風のような突きに、刀を絡ませて叩《たた》き落とそうとした。「懸」という搦《から》め技である。落夜は止まっている剣ではなく、動いている剣の力を利用して刀を叩き落とす。

「一文字……」

迅十郎の刀の鋩が、平九郎の刀に触れる直前。目に見えぬ何かに弾かれるように、

有り得ぬ方向に曲がった。平九郎は躱そうとするが、肩を掠《かす》めて着物が切り裂かれる。

——来たな。

平九郎はさらに気を引き締めた。

迅十郎が遣うのは二階堂《にかいどう》平法と謂う。相州鎌倉《そうしゅうかまくら》の中条 兵庫助《ちゅうじょうひょうごのすけ》の末流、松山主水《まつやまもんど》という男が始祖である。

剣法というものは心、技、体の三つを巴《ともえ》のように混ぜ合わせて成り立っているが、それぞれの流派によって何を主としているかが違っている。例えば平九郎の井蛙流は一目見て他流の技を盗んで模倣する。究極まで技を高めた剣術であるといえよう。

では二階堂平法は何か。心である。通常の剣術ならば闘争で感じる不安や恐れをいかに堪えるか、払い除《の》けるかと考えるが、二階堂平法はそれに逆らわない。心が感じた恐怖や殺気をそのまま躰へ伝え、異常なまでの反応速度を生み出す。これを「心の一法」というのだ。

一文字はその一段階目を指す。二段階目は八文字、未だ平九郎も見たことはないが、その先に十文字がある。一、八、十を合わせることによって「平」という字が出来上がり、故に二階堂流は兵法でなく、平法というのだ。

どんな技も模倣する井蛙流とはいえ、心の技を真似するのは不可能。故に師匠はい

つになく真剣な口調で、

——二階堂とは戦うな。

と、言っていたのを覚えている。

長く続く石段で目まぐるしく二つの影が上下する。迅十郎の剣は斬撃、刺突の途中で屈折する。その軌道は一度として同じものがなく、躱し、弾き、いなす度に躰を掠める。

「吉岡健法《よしおかけんぽう》、橙佗《とうた》！」

避けてばかりでは決着が付かぬと平九郎は攻めに転じた。だが、迅十郎が片手で弾く。腕力までが数段上がっている。平九郎はその場でさらに畳みかけた。

「吉岡健法、翡翠《ひすい》、紫煙《しえん》、黄檗《おうばく》……」

——蒼天《あおあま》。

「黒鉄《くろがね》！」

連続で放った技は五つ。内四つを口に出し、残る一つを心で唱えて挟んだ。迅十郎は常人離れした動きで剣を動かしていなしていくが、蒼天の時に僅かに反応が遅く、平九郎の刀が頰の薄皮一枚を斬った。

「五つ……」

迅十郎は答えず、構え直した。次の瞬間、迅十郎は右に回り込みつつ、平九郎も合わせて左に動く。間合いを詰め、迅十郎は斬り上げた。


迅十郎は二、三段下って初めて距離を取った。今の連撃も一目で看破されている。

平九郎は答えず、刀を引き寄せて、次に思考を巡らせる。

「口に出す中に、出さぬものを混ぜるとは、油断できぬな」

迅十郎は苦々しく舌打ちした。

「まさかお前だったとはな」

平九郎は低く言って、正眼からやや下段よりに構え直した。迅十郎は答えず、構えもしない。深く細く息を吸い込み、二度に分けて吐く。このあたりに二階堂平法の秘密があるような気がした。ならば会話で呼吸を乱さんとさらに言葉を投げかけた。

「お前が怨《うら》みを持っているという訳でもあるまい。誰に頼まれた」

「話す訳なかろう」

それは己も同じである。たとえ拷問に掛けられようとも、殺されようとも口は割らない。己の境遇を知る者ならば、それでは妻子を救えずに本末転倒ではないかと言うだろう。

――だが赤也が、七瀬が……頼禅《らいぜん》がいる。

己が死んだ時には、妻子の探索を引き継いで欲しいと彼らに依頼している。依頼金はこの稼業で貯めた金の全て。今ならば七百二十両。

彼らが妻子を救い出してくれたとしても、己が裏稼業の仁義にもとる死に方をすれば、怨みはそちらに向かうにちがいない。それこそ全ての苦労が水泡と帰してしまう。

「ここで仕留める」

平九郎は頭に幾つもの技の名を唱えながら言った。迅十郎の恐ろしさはその剣術にもあるが、決して諦めぬ執念である。仮に甲州《こうしゅう》に逃がしても蘭次郎《らんじろう》を殺そうとするだろう。

無双の豪傑といえる頼禅の最大の弱点はむらっ気である。一戦に全てを懸ける相手は粉砕するだろうが、長期に亘《わた》ってねちねちと狙われれば、いずれは取り零すことも出て来る。ここで仕留めるのが最善と見た。

「やれるものか」

――呼吸ではないのか……。

言った瞬間、迅十郎の纏《まと》う雰囲気ががらりと変わった。両瞼《りょうまぶた》も微睡《まどろ》むように半ばまで下がっている。これは二階堂平法「八文字」の段階に入った証である。

迅十郎は猛虎の如く向かってくる。

「真之真石川流《しんのしんいしかわりゅう》、草摺《くさずり》の太刀」

平九郎が有する斬り上げの技の中で最速の一つである。肩、肘《ひじ》、手首を順に返して連動させ、片手で刀を真下から走らせる。高尾山《たかおさん》で虚《うつろ》の刺客、漣月《れんげつ》を仕留めた技でもあった。

――仕留めた。

この間合いならば躱せない。平九郎は咄嗟《とっさ》にそう思った。しかし迅十郎は身を一瞬の内に捻りながら仰《の》け反る。刃は胸元をなぞるようにして宙を斬った。剣客の、いや人の範疇《はんちゅう》を超えた動きである。

「柳生新陰流《やぎゅうしんかげ》――」

口に出しかけた時には、発条《ばね》の如く躰を弾いた迅十郎の顔が眼前にあった。頭突きを食らって大きく仰け反りつつも、平九郎も反撃を諦めていない。

「鹿島《かしま》――」

斬撃が速すぎて技が出せない。口に出すのは疎《おろ》か、心中で唱えることも儘《まま》ならない。前回もそうであったが、この段階に入った迅十郎は速すぎる上に、予想外の動きで対処しきれないのだ。しかも今回は石段での攻防。足場の悪さがこちらの不利に出ている。

――八文字にはこれしかない。

平九郎は一定の距離を保ちつつ猛攻に耐えると、懐に手を捻じ込んで銑鋧《せんけん》を取り出した。

「天武無闘流《てんむむとう》、竜胆《りんどう》」

天武無闘流は銑鋧術が豊富である。竜胆は腕を振らずに指の力だけで銑鋧を飛ばす技。威力は常より劣るものの、動作の少なさから奇襲にはうってつけである。

——八文字に入れば、手を離れた得物は読めない。

これは前回の戦いで実証済みである。一文字は目で捉えたものに対し躰を最速で動かす段階だが、八文字は目で捉えてさえいない。人の息遣い、いわゆる気配を鋭敏に察知してさらに速くなる。ただし、一つ弱点があり、刀、槍、矢、そして銑鋧などの命なき物を察知出来なくなる。前の時は迅十郎は咄嗟に八文字を解き、その隙を衝いて退けることに成功したのだ。

「なっ——」

迅十郎は眼前に迫った銑鋧に対し、首を振って避けた。しかもすぐにまた凄まじい勢いで攻撃を仕掛けて来る。前回の迅十郎は心法そのものを解いたが、今回は違う。先ほどの迅十郎の目に答えがあった。

——八文字から一文字、すぐに八文字に戻した。

己のこの攻撃への対処として修行を重ねたのだろう。段階の移行が一瞬になってい飛び道具が来れば一文字で守り、また八文字で攻めて来る。しかし銑鋧が見えている。いないのに何に反応して切り替えるのか。

――俺の指か。

最も動作の少ない「竜胆」の指の動きすら捕捉している。息遣いなどという次元ではなく、人の体温すら感じ取っているのではないかと絶句した。

「迅十郎‼」

大声で呼びかけてみたが、夢遊しているかのように迅十郎の顔には表情が無い。相手の剣を追うのに精一杯で防戦一方となっている中、平九郎はあることに気がついた。

「刀が……」

前に使っていたものと違うのだ。思い起こせば、一年前に己は迅十郎の刀の鋩を欠けさせた。別の差し料を使っているということになる。

己は刀に特別詳しい訳ではないので、どの流派の誰の作のものかなど到底判らない。またそのような知識は何の役にも立たない。裏稼業の中では刀の間合いの他は、どれほど斬れるか、どれほど強いか、それだけが判れば事足りる。名工にも駄作があるように、並の刀鍛冶でも奇跡の一振りが生まれ得る。名に囚《とら》われてしまうほうが危険である。

そして幾度となく戦っていれば、相手の実力も推し量れるように、打ち合った時の微妙な感覚で、刀の優劣も感じ取れるようになる。

迅十郎も大金を稼いでおり、今の刀も決して悪いものではないのだろうが、以前の刀に比べればどうも脆《もろ》さを感じた。

――やれる。

そう思い定めると、平九郎は鋭く叫んだ。

「鹿島新當流《しんとう》、戒《いましめ》‼」

鹿島新當流は古流と呼ばれる黎明《れいめい》の剣術。後世の流派に比べれば単純ながら一撃必殺の技が多い。脚、腿、腰、肩、腕、全ての力を合わせて叩き込む、己の持つ中で最も重い技である。

夜天に高い音が響き渡る。

真っ向から受けた迅十郎の刀が根元近くから折れ、先は旋回しつつ茂みへと飛んで行った。迅十郎の目がかっと開き、転げるようにして石段を下る。激しい攻防の中でも、夜桜は変わらずに爛漫《らんまん》と咲き誇っている。まるで夢幻の中に迷い込んだようであった。

二人の距離は三間（約五・四メートル）ほど。平九郎が見下ろす格好である。

迅十郎は刀を捨てながら舌打ちし、素早く脇差に手を落とす。

「またか……」

「脇差なら俺が勝つ」

「だろうな。狙えて相討ちか」

迅十郎がそう言った時には、片足をそろりと一段下へと下ろした。くらまし屋が一度の失敗も許されないのに対し、炙り屋は命が続く限り何度でも仕掛けられるという差がある。刀が折れた今、退いたほうがよいと判断したようである。

一方、こちらとしては出来れば有利な今こそ仕留めたい。だが、手負いの虎ほど恐ろしいものはない。捨て身で反撃されて相討ちは避けたい。この男とは実力が見事に伯仲しており、罠《わな》に嵌《は》めた奇襲、あるいは手練れの仲間との二人掛かりでないと確実には取れない。双方の思惑が一致し、迅十郎はさらに下へと降りていく。

「次は炙る」

迅十郎は言い残すと、身を翻して石段を駆け下りていった。

——厄介《やっかい》なことになった……。

下手人の正体が迅十郎とは考えつかなかった。何故厄介なのかというと、まず今のように討ち取るのが極めて難しいこと。そして他の裏稼業の者ならば、例えば依頼人が死ねば勤めを放棄することが多いのに対し、あの男は仮にそうなっても勤めを果たす。それが炙り屋の矜持《きょうじ》にして流儀なのだろう。やはり何とかして倒すのが最も良いことになる。

——だが、引っ掛かる。

疑問が残るのは三郎太《さぶろうた》と幸四郎を仕留めた手口。八文字は凄まじい速度だが、それでもあれをしてのけるのは難しい。未だ見たことのない「十文字」にその秘密があるのか。

迅十郎が闇に隠れると、平九郎はようやく細く息を吐きつつ刀を鞘《さや》に納めた。どっと疲れが躰に広がる。

互いに怨みがある訳ではない。銭を受け取って人のためにこうも激しく争うのだ。ふと見上げた空には口のような月。人の愚かさを嘲笑《あざわら》っているかのように見え、平九郎はもう一度深い溜息を吐いた。

二

迅十郎と刃を交えた翌日、波積屋《はづみ》の屋根裏に再度集まった。

「と……いう次第だ」

昨夜のあらましを語ると、赤也は額に手を添えながら顔を歪《ゆが》めた。

「最悪だ」

「最悪ね」

七瀬も全く同じ言葉を吐いて、丸い溜息《ためいき》を零《こぼ》した。

「安すぎる勤めになったな」

「まさか炙り屋とはな。三百両でも御免だ」

赤也は迅十郎の剣を目の当たりにしている。後に己との攻防を指して、

――人の技じゃねえ。

と、顔を引き攣《つ》らせていたのを覚えている。

「私たちのほうに当たりが出ないはずね」

七瀬は方々の伝手《つて》で浪人を、赤也は賭場絡みで蘭次郎たちに怨みを抱いている者を探していた。確かに怨みは多く買っているものの、平九郎が言った「達人」の領域にいる者はおらず、また三郎太や幸四郎が殺された日に各々が別の場所にいた証もあったらしい。

「あいつを罠に嵌められるか？」

平九郎は七瀬に視線を送った。

「私たちが先に甲州街道を進めば……何か出来るかもしれない。でも今回はそう上手くいかないかも」

前回の時も七瀬の策、赤也の変装や声真似で、背後から奇襲を掛けた。今回は相手も罠を十分に警戒しているだろう。そう易々と嵌められるとは思えないという。

「あーあ、今回は世間でいえばあっちが正義を助け、こっちが悪を助けてるんだからな。気乗りしねえ」

赤也は腕を頭の後ろで組んで、己の脇をしらっとした目で見つめた。

「お助け下さい……」

消え入るような声で言ったのは蘭次郎である。その顔は紙の如く蒼白で、躰も小刻みに震えている。

蘭次郎が何故この場所にいるかというと、昨夜迅十郎を退《しりぞ》けてすぐ、平九郎は引き返して小山家の屋敷に忍び込んだ。そして眠っていた蘭次郎を揺り起こし、

――状況が変わった。すぐに出る。

と言って慌てて支度をさせ、己の長屋に連れ帰ったのだ。これまで下手人は屋敷の中にまでは踏み込まないと考えていた。しかし相手が迅十郎と判れば話が違う。あの男ならその気になれば、小山家の者を鏖《みなごろし》にしてでも蘭次郎を仕留めに来る。もう安

全な場所といえば、己の目の届くところしかないのだ。

「勤めだからやるよ」

赤也は蘭次郎に向けて鼻を鳴らした。

「申し訳ありません……」

この事件が起こるまでは威張り散らしていた蘭次郎が、一介の町人に頭を下げるのは、滑稽を通り越して憐れみすら感じた。

「余計なことを言って煽《あお》るな」

「へ……解っているよ」

赤也は名を呼び掛けて呑み込む。蘭次郎の前だから呼ばぬように心がけているのだ。

「別に呼べばいい。波積屋のここも知ったんだ。蘭次郎は二度と甲州から出ない」

当然、勤めを成功させるつもりであるからそうとしか言わない。だがもう一つの可能性は、迅十郎に殺されること。どちらにせよ蘭次郎は、己たちのことを口外することは出来ない。

「罠が難しいなら、もう一つの方でいくか」

「もう一つ？」

七瀬が鸚鵡返しに問うた。

「仲間を引き込み二人掛かりで討つ」

「二人みたいな化物がそう見つかるかい？」

赤也は苦笑しつつ頬を指で掻《か》いた。

「腕は一段劣ってもいい。たとえ斬られてもな。僅かな隙が生まれれば……俺が討つ」

平九郎が低い声で言い切ると、蘭次郎の顔が僅かに緩む。

「いやいや、それなら猶更見つからないだろう。誰が好んで殺されに来る」

「やらねばならぬ者がいるだろう」

「確かに……目的が同じ者がいるわね」

七瀬はいち早く気付いたようで頷いてみせた。

「ああ、林右衛門《りんえもん》が雇った『振《ふるい》』と手を結ぶ」

赤也はなるほどと手を打った。

林右衛門は、どうやら裏稼業の者を雇って下手人を討とうとしている。そしてその仲介役が四三《よみ》屋、厳密には坊次郎《ぼうじろう》の倅《せがれ》、利一《りいち》であることまでは予想出来ていた。

四三屋は表こそ普通の口入れ屋だが、裏稼業の者を多く抱えている。押し込みの下調べを行う嘗《なめ》役、錠前破り、文書や印章の偽造などの特殊な技を持つ者の他、護衛、

暗殺、押し込みの実行役を担う者もいる。彼らは「振」と呼ばれていた。恐らくは、

──刀を振るう。

というところが語源ではないかと思うが、実際は誰も判らない。

振も様々で単独で勤めを請けている者もいれば、四三屋のような闇の口入れ屋に属している者もいる。四三屋は信用第一を掲げており、振が仕事を放り出して逃げようものなら、地の果てまで追いかけて始末する。それは属する振たちも重々承知しており、そのため逃げ出そうとする者は皆無である。

「利一が下手人の正体を知っているかどうかだな」

暗黒街の中でも「炙り屋」の名は特に恐れられている。もし相手が迅十郎だと知ったならば、余程の大金を積まない限り仕事そのものを受けないだろう。しくじってしまえば利一の名を貶めることにもなるからである。

流石にそれほどの大金を林右衛門が持っているとも考えにくく、つまりは知らないと考えるのが自然であった。

仕事を受けた振は、下手人が迅十郎だということにすでに辿り着いているか。未だ摑《つか》んでいないかもしれないし、仮に知れば利一にも伝えるはず。聞いた利一は割に合わないと焦っているかもしれない。そこに付け込めば共闘の道も有り得る。

「明日、利一を訪ねる」

「こいつはどうする？」

赤也が蘭次郎に向けて顎をしゃくった。

「四三屋は鵺《ぬえ》の巣窟だ。何が起こるか判らない。出来れば連れて行きたくはないな……」

七瀬は目を細めて静かに言った。

「ここに置いておきましょう」

「もしここが攻め込まれれば——」

慌てる蘭次郎に対し、七瀬は白い指を立てて制した。

「心配無い。あいつは馬鹿じゃない。平さんの恐ろしさを知っている」

迅十郎ほどの男ならば、波積屋のこともすでに調べ上げていてもおかしくない。己の勤めにおいて度々邪魔になる、くらまし屋である。早々に潰しておきたいはずなのに、未だここが襲われたことはない。それは何を意味するかというと、

「もし波積屋を襲えば……平さんは端《はな》から相討ち覚悟で迅十郎を殺す」

「ああ」

平九郎は深く頷いた。赤也、七瀬は覚悟してこの道に入っている。だが、茂吉《もきち》は勤

めに協力してくれている立場。お春《はる》に至っては無関係である。どんな卑怯な手を駆使しようが討ち果たすだろう。

「赤也、役には立たないだろうけど、念のため明日は店にいて」

「一言余計だ」

赤也は苦笑しつつも軽く手を上げて応じる。そうは言うもののいざとなれば、赤也は身を挺してお春を守ろうとするだろう。それを承知の七瀬は、艶のある唇を微かに綻ばせた。

三

翌朝から平九郎は動いた。少しでも人の目が多いうちに用事を済ませ、波積屋の屋根裏にいる蘭次郎の元に帰るためである。

日本橋南守山町《にほんばしみなみもりやま》にある四三屋を訪ねると、主人の坊次郎が別の客を見送るところであった。雰囲気から見るに表の客であろう。坊次郎は近づいて来る己をちらりと見たものの、会釈ひとつしなかった。が、客が辻を折れるのを見届けると、こちらに躰を向けた。

「堤様、お久しぶりです」

「少し良いか」

「ええ、今日はどういった御用向きで」

「息子に会いたい」

「利一に？」

「勤めのことだ。当人に話す」

同じ店の中にいるとはいえ、今は親子で別々に客を取っている。裏の流儀としてその内容は親子でも話さない。坊次郎がかつて語っていたことである。

「倅も真面目《まじめ》に働いているようで」

坊次郎は不敵な笑みを浮かべて中へ案内した。利一は店の奥で仕事をしているらしく、坊次郎は丁稚《でっち》に呼んでくるように命じた。暫くして利一が姿を現す。

「お久しぶりでございます。此度《こたび》は私をご指名とのこと。誠にありがとうございます」

利一は愛想の良い笑みを向けた。だがこの顔は表のもので、父に負けず劣らずなかなか強《したた》かであることは知っている。歳は十九と若いもののすでに笑みの奥に、裏の者特有の凄みが見え隠れしていた。

「よい提案があって来た」

「はて……何のことでしょう。楽しみです」

そう言いながら、利一は躰を開いて奥へと誘《いざな》った。自室まで案内すると、利一は座るように勧める。

「このままでいい」

「そうでしたね」

昨日皆に言ったように、ここは鵺の巣窟である。坊次郎の前ですら腰を下ろさないのに、利一では猶更である。

「茶もいらないと……では、本題に入りましょうか」

自らは腰を落ち着け、利一は上目遣いに見つめて来た。

「国分林右衛門から依頼を受けているな」

この手合いには駆け引きは無用である。平九郎は単刀直入に言い切った。

「存じ上げませんな」

利一は首を捻る。その顔は真に困っているように見え、予《あらかじ》め知らなければ己ですら騙されるかもしれない。

「余計な問答はしたくない。こちらは話を摑んでいる。勝手に進めさせて貰おう」

未だに困惑する素振りを続ける利一を前に、平九郎はさらに続けた。

「林右衛門を狙う下手人を討つというのが今回の依頼だろうが……相手は生半可ではない」

利一の顔から感情の一切が引いていく。全くの無表情である。

「知らぬ御方です。お話の一つとして聞きましょう」

「それでいい」

「で、その下手人とは？」

「炙り屋だ」

利一のこめかみが初めて僅かに動いた。

「炙り屋……ならばその御方。国分様でしたかな？　命の火は間もなく消えますすな」

「あれは厄介過ぎる男だ」

「存じ上げています。しかし何故、堤様がこのような話を？」

「考えてみろ」

平九郎は見下ろしながら短く言った。利一は、大仰に両手をこめかみに添えて考え込む。

「その国分様のご依頼を受けているということですかな」

この男はやはり賢《さか》しい。ここでもし、

──もう一人の生き残りから依頼を受けた。

とでも言おうものならば、少なくともこの事件に関与していることを認めることになる。ただ本当に林右衛門が己にも依頼をしたのではないか、と疑っているのかもしれない。裏稼業において二重に依頼をするのは許されない。もしそうならば利一は林右衛門の案件から引き上げる。いずれにせよ、この答えが最良であることは間違いない。

「そうではない。別だ。だが炙り屋に手を焼いているのは間違いない」

「なるほど。別に狙われている御方もいると」

わざとらしく利一は声を上げた。

「振は誰だ。力を合わせたい」

「ほう……独りでは勝てぬと？」

「俺もただでは済まない。下手すれば死ぬ」

「流石でございます」

利一はにやりと口角を上げた。質の低い裏の者ほど自らの腕を過信する。だが一流の者になれば、己や相手の実力を冷静に量る。そこに過信や願望は一切入れない。だから利一は「流石」と言ったのだ。

「もう一度言う。振は誰だ。二人掛かりで討つ」

「存じ上げませんな」

無言の時が二人の間を流れる。考えられることは二つである。一つは利一が差し向けた振が、

――独りで迅十郎を討てる。

ということ。だが、そのような者がごろごろいる訳がないのは、己が一番知っている。唯一、あるいはと頭に浮かんだのは、あの虚の若侍だけであった。あの者ならば迅十郎をも上回るかもしれない。

もう一つは、

――たとえしくじろうとも、己とは手を組みたくない。

ということであろう。

この場合は、新たに振を増やすということも考えられるし、この件は綺麗さっぱり諦めるということもあり得る。とにかく利一の腹は読みにくい。

「解った」

「無駄足を踏ませて申し訳ございません」

「他に調べる方法はある」

虚勢ではない。こうなれば林右衛門を直に問い詰めるつもりだった。

「それをすれば、国分様はどちらにせよ、お亡くなりになりますね」

四三屋は依頼人に他言無用と口止めしている。もし話した場合は命が無いとも伝えているだろう。己が口を割らせれば、即ち林右衛門には死が待っているということを暗に言っているのだ。同時に己の依頼人が林右衛門か、あるいは蘭次郎かとかまをかけている。

「それがどうした」

平九郎が冷ややかに言い放った。これでこちらも蘭次郎が依頼人だと暗に認めたことになるが、こうなった以上は利一を牽制することの方が大事だと考えた。

意外そうに目を見開く利一に対し、平九郎はさらに続けた。

「俺が守るべきは依頼人だけ。そのためならば何でもする」

「もう少し……お優しい方かと思っていました」

「お前は勘違いしている。俺は悪人さ」

平九郎は低く言い残すと部屋を出た。

「流石でございます」

背後から利一の呟くような声が聞こえた。やはり食えない男である。このまま育てば坊次郎を凌《しの》ぐ裏の顔になるだろう。

「お帰りですか。話はうまく纏まりましたかな」

帳場で坊次郎が声を掛けて来た。

「よく躾《しつ》けている」

平九郎が小声で言うと、坊次郎は苦笑しつつも深く頭を下げた。世には様々な親子がいるが、これほど歪《いびつ》で変わった形の者たちも少なかろう。ふと娘のことが頭を過ったが、すぐに打ち消した。今は何としても勤めを成功させること、そして生き残ることだけを考えなければならない。

# 四

犬は何故遠吠《とおぼ》えをするのだろうか。人と同じように夜を迎えるとふと寂寥《せきりょう》を覚え、それを紛らわせようとしているのかもしれない。どこかで鳴く哀しげな遠吠えを聞きながら、平九郎はぐっすり眠る林右衛門の顔を覗き込んでいた。余程の手練れを差し向けたのか、林右衛門の寝顔は安らかに見えた。

すらりと脇差を抜き、林右衛門の口を手で塞ぐ。すぐに林右衛門は目を覚ましたが、寝惚《ねぼ》け眼のせいか一瞬何事か判らなかったようで、暴れることはなかった。

「叫べば殺す。訊きたいことがある。解ったなら頷け」

「んっ――」

どうした訳か話してからもがき始めたので、平九郎はさらに掌の圧を強めた。

「これが最後だ。話せば命は取らぬ」

声低く命じると、林右衛門はようやく動きを止めて二度頷いて見せた。

「離すぞ」

ゆっくりと手をどかすと、林右衛門は恐怖に顔を引き攣らせ、擦《かす》れた声で尋ねた。

「誰だ……」

「誰でもない。死にたくなければ、こちらの問いに答えろ。嘘を吐けばそれで終わりだ」

「本当に命は……」

「助ける。信じられぬかもしれぬが、信じるしかお前に道は無い」

「解った」

「国分林右衛門、桝本《ますもと》三郎太、出田幸四郎、そして小山蘭次郎。以上四人は何者かに命を狙われているな」

「何故、それを――」

「無駄口を叩くな」

平九郎は唸るように凄んで制した。

「お主は下手人を討つべく、四三屋の利一に刺客を頼んだ」

「間違いない」

林右衛門が苦悶《くもん》の表情を浮かべる。

「何も話せない……」

「では仕方ない」

林右衛門が横眼で刀掛けを見たのを見逃さなかった。手首を返して脇差を振るって喉元に当てた。

「わ、解った……頼んだ。頼みました」

「刺客は何者だ」

林右衛門は下唇を嚙《か》み締めていたが、やがて観念したように言った。

「油屋平内《あぶらやへいない》」

「油屋……人斬り平内か」

元は大身旗本の次男であったが、辻斬りが露見し、目付の配下五人を斬って逃走した。後に裏の道に入ったことは風の噂で耳にしていた。実際に見た訳ではないのでどの程度の実力かは判らないが、振としては上の上の部類に入るだろう。それなりに迅十郎とも戦えるのではないか。

ただ実力はともかく、辻斬りを行う者は心がどこか壊れている。共闘を持ちかけて説得できるかどうか不安が残る。

「随分と貯め込んでいたらしいな」

平九郎は憫笑《びんしょう》を浮かべた。平内を動かすならば、利一も相当銭をふんだくっただろう。

「それは……」

「だが残念ながら、油屋独りでは勝てるか怪しい」

平内を説得しても、依頼人が望んでいないと躱されるかもしれない。林右衛門をその気にさせておいて損は無いだろう。林右衛門の顔が再び険しいものになる。

「下手人を知っているのですか……」

「ああ」

「誰です。教えて下さい」

林右衛門は肩を摑もうとしたようだが、思い留まって宙で手を止めた。

「この道でも一、二を争う手練れだ」

「それほど……くそ……何としても炙り屋に頼むべきだった」

林右衛門は膝の上で握りしめた拳を震わせた。

「何……どういうことだ」

「初めは炙り屋を紹介されたのですが、断られたのです」

話してしまったことで心の箍《たが》が外れたのだろう。林右衛門は堰《せき》を切ったように続けた。

まず林右衛門は炙り屋の噂を聞いており、利一にその仲介を頼んだ。そして実際に炙り屋はここに忍び込んできたというのだ。

そして林右衛門は状況を詳《つまび》らかに語り、炙り屋に依頼したが断られたという。そこで仕方なく再度利一を訪ね、油屋平内を仲介して貰ったという流れらしい。さきほど、目を覚ました林右衛門が初めは動揺しなかったのは、炙り屋の気が変わって受けてくれる気になったのかと思ったらしい。

「有り得ない……」

迅十郎が下手人ならば、何故、その時に林右衛門を殺さなかったのか。

「何がですか」

林右衛門は不安そうに尋ねる。

「下手人は炙り屋だぞ」

「えっ――」

林右衛門が嘘を吐いているのではないかと考え、平九郎は明かした。しかし林右衛門は驚きのあまり卒倒しそうになっており、虚言とは思えない。

「しかし、炙り屋は下手人ではないと言いました」

「真か」

林右衛門も炙り屋が受けないとあって、そのことに頭が及んだらしい。そこで恐る恐る尋ねたが、それは無い、とはきと言い切ったらしい。あの男は玄人である。そのような類《たぐい》の嘘を吐かぬことを知っている。

「あいつが下手人ではないのか……いや、それもおかしい」

あの日、迅十郎は小山家の屋敷を見回っていた己を尾けてきた。偶然見かけた訳ではあるまい。やはり蘭次郎を狙っており、その邪魔になりそうな己を排除しようとしたのだ。

「今一度、炙り屋とのやり取りを教えろ。特に断られた前後を。出来る限り一言一句違わずにだ」

己に謎が解けない場合、七瀬に相談するのが良いと考えた。そのために出来るだけ詳しく聞いておいたほうが良い。

林右衛門は記憶を手繰《たぐ》るようにゆっくりと話したが、やはり特段おかしなところはないように感じる。ともかく林右衛門が雇った者が油屋平内だと判ったことで、もうここに用は無くなった。

「解った。邪魔をした」

平九郎が去ろうとすると、林右衛門は手を伸ばして止めた。

「私は斬られるのでしょうか……」

下手人は迅十郎だと思っていたが、別の線も出てきて、はきとしない。さらに油屋が共闘を呑むかどうかも判らず、何よりこの短い時の間で会えないこともある。仮に下手人を始末出来ても、こうして話したことで利一がどう動くかも予想出来ない。確かなことは何も無かった。

「さあな」

「そんなっ――」

「人の憎悪は恐ろしいものだ。お前たちが蒔《ま》いた種よ」

平九郎は言い残すと跫音を殺して部屋を出た。

振り返って障子を静かに閉める。隙間から絶望に顔を固める林右衛門が覗いていたが、やがてそれも遮られて見えなくなった。

五

決行の日まであと二日と迫っている。下手人捜しも振り出しに戻り、油屋平内の動向も全く摑めていない。

迅十郎が下手人ならば波積屋襲撃は避け、道中を狙ってくるだろう。だが別の者ならば、後先考えずに攻めて来るかもしれない。日延べするどころか、今すぐでもここを発ちたいくらいの思いである。

そのようなこともあり、珍しく翌日の朝の内に波積屋の屋根裏に集まった。下では茂吉が仕込みをしている。お春も間もなく目を覚まして支度に入るだろう。

「次第は以上だ」

平九郎は昨夜、林右衛門から聞き取ったことを二人に話した。

「どういうことだ。意味が解らねえ」

赤也は昨夜の己と同じように戸惑っている。

「七瀬、何か解るか」

「もう一度……炙り屋と林右衛門のやり取りを聞かせて」

七瀬が指を一本立てて俯《うつむ》きがちに言った。

炙り屋と林右衛門が交わしたというやり取りを、平九郎は今一度聞いた通りに話す。林右衛門も出来うる限り正確に話したはずである。

全てを聞き終えると、七瀬はすうと顔を上げて目を瞑《つぶ》る。長い睫《まつげ》毛が微かに震えるのを、平九郎と赤也は黙って見守った。この場に同席している蘭次郎は怪訝《けげん》そうな顔をしているが、これは七瀬が集中して答えを導く時の癖である。

「そういうことね」

七瀬はゆっくりと瞼を開くと、皆を交互に見ながら続けた。

「その二人の会話に不自然なところが一つある」

——依頼はそれでよいのか？

と、炙り屋が念を押したことであるという。何もなければこのような訊き方はしない。つまり林右衛門の頼み方に、受けられない何らかの訳があったということになる。

「恐らくそれは『我ら』と言ったこと。林右衛門が『私』と言えば炙り屋は受けたと思う」

「同じじゃあないのか？」

と、赤也は胡坐《あぐら》に肘を突いて身を乗り出した。

「全然違うわよ。林右衛門は特に考えずに言ったんでしょうけど、我らにはこの男も含まれている」

成り行きを見守る蘭次郎を一瞥《いちべつ》し、七瀬は静かに続けた。

「そして、炙り屋はご丁寧に念まで入れている。そこから考えられることは一つ」

「なるほど……」

「ええ、炙り屋の標的は小山蘭次郎ただ一人ということ」

蘭次郎の顔からみるみる血の気が引いていく。散々、目の前で炙り屋の恐ろしさを聞かされているのだから無理も無い。

「つまり炙り屋の標的は四人でなく、林右衛門を除いた三人だったってことか？」

赤也の問いに対し、七瀬は首を横に振った。

「その線も僅かにあるけど……四人を狙っている下手人とは別に、炙り屋がこの男を始末しようとしていると見るのが有力ね」

つまり蘭次郎は仲間二人を殺した下手人と炙り屋、同時に二人に命を狙われているということになるのだ。

「お前、怨まれているなあ」

赤也は苦笑しながら肩を叩くが、蘭次郎は口を半開きにして放心している。

「赤也、言い加減にしろ。勤めは必ずやり切る」

平九郎が言い切ったことで、蘭次郎ははっと我に返って、床に頭を着けて平伏した。

「下手人は別にいるってことになるわね」

話が振り出しに戻ったことで、七瀬と赤也はその割り出しについて相談を始めた。

「だが俺はかなり綿密に調べたぜ」

「私もかなり広く探った。でも急がないと……」

「博打と仕官詐欺以外まで広げて調べるとなると、全く時が足りねえな」

二人が言うように一刻も早くここを出るべきだと思う。さらに範囲を広げて調べるには、時も頭数も足りない。また油屋平内を探すのにもそれなりの時を要するだろう。

今考え得る最善の手を選ぶほかない。

「払暁《ふつぎょう》、俺は蘭次郎を連れて甲州に向かう」

「調べるのは諦めるのかい？」

「いや、それは残って続けてくれ。こちらは警戒しつつとなれば足も遅くなる。判り次第、追いかけても追いつくだろう」

「俺は馬に乗れねえし、七瀬を江戸から出すのは一苦労だぜ」

七瀬は女だてらに馬の扱いが上手い。しかし、

――入り鉄砲に出女。

と言われるように、江戸から女が出ようとすると関所で厳しい取り調べを受ける。偽の手形を作ったとしても、留め置かれてそれが真か確かめられることもあるのだ。つまり幾ら己たちがゆっくり進むとはいえ、二人のどちらもが追いつけないことになると言うのである。

「あまり借りを作りたくないが、仕方ない。あの男なら蘭次郎のことをすぐに一から洗い直し、追いつくことも出来る。さらに腕も立つ。下手人と鉢合わせしても力になる」

「あの男？」

赤也はきょとんとするが、七瀬はすでに解ったようで小さく頷いた。

「公儀が調べられないのでは誰も無理だ」

「ああ……そういうことか」

そこまで聞くと、赤也も理解して納得の笑みを浮かべた。平九郎は皆に向けて凛然《りんぜん》として言い切った。

「御庭番頭、曽和一鉄《そわいってつ》を恃《たの》む」

# 第四章　暗黒街の暗殺者

## 一

まだ辺りは暗く、ほんの僅か東の空が茫《ぼう》と明るくなっているのみで、鶏すら鳴いていない。

緑の吐息を含む、春暁の冷たくも澄み渡った風が頰を撫でていく中、平九郎《へいくろう》は蘭次《らんじ》郎《ろう》と共に波積《はづみ》屋を出た。まずは約二里先の旧内藤新宿《ないとうしんじゅく》を目指した。

「俺から一時も離れるな」

「はい……」

己の背後に付いて歩く蘭次郎は中間《ちゅうげん》の装いに身を固めている。それだけでなく頰骨が突き出て、眉《まゆ》も太くなっており人相まで変わっていた。昨夜のうちに赤也が髷《まげ》を結い直し、顔を変える化粧を施した。その上で衣服も改めたのである。

——まあ、気休めだぜ。

赤也は施し終えるとそう言った。確かに今回の勤めではあまり変装は役に立たない。迅十郎《じんじゅうろう》はすでにこの件にくらまし屋が嚙《か》んでいることを知っている。平九郎と共にいるだけで、それが蘭次郎だと判るはずだ。

真の下手人も相当な手練れであることから、目を欺《あざむ》けるのは僅かな時だけだろう。

「初めは距離を稼ぐ。昼までには高井戸《たかいど》を抜けるぞ」

平九郎はそう言いながら振り向いた。四方八方、どこから仕掛けてくるか判らず、常に気を張り巡らせておかねばならなかった。

江戸の町中よりも街道のほうが仕掛けてくる可能性は高い。すれ違いざまに出田幸《いずたこう》四郎《しろう》を仕留めた男である。平九郎は、その手口にもまた引っかかりを覚えていた。

——どうやって幸四郎の項《うなじ》を刺した。

と、いうことである。

二番目に殺された幸四郎は警戒して両脇を護衛に固めさせていた。背後から忍び寄った者がいなかったことは、後に護衛がしかと証言している。後ろから襲い掛かって踵《きびす》を返しては流石に気配で気付かれる。

往来には人も多かったという。このことから平九郎は、下手人はすれ違いざまに幸四郎を刺したのではないかと見ている。

幸四郎が熱さを感じて項に手をやった時には、すでに下手人は素早く刀をしまって通行人の振りをして離れていったとしか考えられない。

――だが、それもまた極めて難しい。

両脇に護衛がいたということは、下手人は少なくとも一人分の間を空けて幸四郎とすれ違ったことになる。そこから一歩内側へ移動し、抜刀して項を刺し、素早く納刀する。これを歩きながら、しかも人目に付かぬほどの早業で行うのである。

斬るのではなく、突くというのがさらに難しい。平九郎は同じことが出来ないかと何度か試してみたが無理であった。速さを取れば間合いが近すぎて突くのではなく斬ってしまい、間合いを取れば突けたとしても納刀が遅れる。

――何か秘密があるはずだ。

三郎太《さぶろうた》と幸四郎、この二人を殺《や》った手口を結ぶ何かがあるはずなのだ。そのことを考えながら平九郎は脚を動かした。

同時にせねばならぬことは他にもあった。油屋平内《あぶらやへいない》を見つけることである。己と蘭次郎を追っているのは、下手人と迅十郎、さらにその下手人を平内が追っているはず。近くにはいるはずなので接触の機会が無いか、こちらにも気を配らねばならなかった。

東の空に覗《のぞ》いた陽は刻々と昇っていく。それに伴って辺りは明るくなり、朝早くから仕事の始まる職人たち、仕入れを行う棒手振《ぼてふ》りの姿もちらほらと見える。すれ違う度、あるいは後ろから跫音《あしおと》が迫る度、平九郎は神経を尖らせて警戒を続けた。

「塀側を歩け」

武家地に入ると、そう言って海鼠塀《なまこ》と己で挟むようにして歩かせる。ほんの少しの気の緩みが取り返しのつかない事態を招く。一瞬たりとも気が休まることはない。

旧内藤新宿を通り、高井戸宿に差し掛かった時には、まだ陽が中天に至るまでに幾分の余裕があった。今のところは順調、予定より早いくらいである。

遠くからでも多くの人々の気配を感じる中、一歩ずつ宿場へと近付いて行く。

宿場は関所と異なり毎回止められる訳ではない。しかし高井戸宿の入口にある番所では手形を求められた。別に怪しいと思われている訳ではなく、何人かに一人はこのように抜き打ちで声を掛けるのだ。

「どうぞ」

平九郎は手形を差し出した。改めるのは幕府から宿場の運営を委託されている宿役人である。問屋、年寄、名主と呼ばれる三役の下に、帳付《ちょうづけ》、馬差《うまさし》、人足割役、定検、あとは飛脚などがいるが、宿場によってその人数はまちまちである。この男はどうやら定検と呼ばれる者らしい。

「何々……堀《ほり》家徒士組頭、園部平左衛門《そのべへいざえもん》。飯田《いいだ》藩士の御方ですな」

「ええ、お役目で国元に戻ります」

「こちらは……」

「中間の金太《きんた》と申す」

平九郎が言うと、中間に扮した蘭次郎はぎこちなく会釈した。

「なるほど。道中、お気をつけて」

役人は宙で手を滑らし、平九郎は軽く頭を下げて先を急いだ。

「もう少し上手くやれ」

役人たちから離れると、蘭次郎に向けて釘を刺した。

「手形が見破られぬかと緊張していたので……何故、飯田藩に？」

生まれてから死ぬまで江戸を離れぬ者も多い旗本には解らないらしい。どうせなら加賀《かが》や仙台《せんだい》などの大藩の名を使った方が、宿役人も遠慮して通りやすいのではないか
と、蘭次郎は疑問を口にした。

「甲州《こうしゅう》街道を参勤交代で通る藩は、信濃《しなの》高遠《たかとお》藩、高島《たかしま》藩、飯田藩の三つのみだ」

「なるほど……それにしても精巧な手形なのですね」

「これは本物より本物らしい」

平九郎は手形の入った懐を軽く叩《たた》いた。裏の道には様々なことを生業《なりわい》とする者がいる。書状、印章、手形など何でも偽造するのもその一つである。その中に櫻玉《おうぎょく》と謂《い》う爺さんがいる。高い銭は取るもののその腕前は抜群で、未だ見破られたことはない。

平九郎はこの櫻玉作の偽手形を先ほど挙げた三つの藩の分、しかも複数所有していた。晦《くら》ました者も五人に一人は甲州行きを希望するため、使う頻度が圧倒的に高いのだ。一度使った手形は全て処分している。二度、三度繰り返し使うことも可能だろうが、露見する可能性が少しでも高まるのだからそれを惜しむ必要は無い。

「今日は府中《ふちゅう》宿で泊まる」

日本橋から府中までは約七里半。大人の男の脚ならばまだ進めるが、ここで泊まると決めたのには訳がある。この辺りでは府中宿が最も栄えているからである。

一つ手前の布田五宿《ふだごしゅく》では本陣は勿論、脇本陣も無く、旅籠《はたご》も僅か九軒しか営まれていない。反対に一つ向こうの日野《ひの》宿、その次の八王子《はちおうじ》宿も甲州街道の中では小さいとはいえないが、やはり府中と比べればやや見劣りする。

府中は番場、本町、新宿《しんしゅく》の三つから成り立ち、十一町六間と東西に長い宿場である。鎌倉《かまくら》街道と甲州街道が交わる地ということもあり、日々多くの旅人が行き交っていた。本陣一つに、脇本陣が二つ、旅籠の数も三十を超え、宿場の中で三千人もの人々が旅人相手の商いで暮らしていた。

「人が多いですね……この中にすでに紛れているということは……」

府中宿に辿《たど》り着くと、蘭次郎は肩を窄《すぼ》めて左右を見渡した。

「むしろ人目が多いほど敵は手を出しにくい」

まず下手人が追って来ているのかさえ判らない。先に林右衛門《りんえもん》を仕留めようとしているなら儲《もう》けものである。

ただ楽観できないのも事実。先に蘭次郎を狙っており、距離を保ちつつ追って来ていると考えたほうがよい。その場合、下手人は蘭次郎を殺し、さらに江戸に戻って林右衛門を始末することになる。となると、旅籠に踏み込んで乱闘となり、捕方に捕まってしまえば目的は果たせなくなってしまう。出来るだけ目立たぬところで仕掛けてくるはずである。

また迅十郎とて同じである。この先に人気《ひとけ》の無いところは山ほどある。わざわざ府中で襲ってくることはないだろう。

「五つの旅籠を押さえる」

その内四つは金を払って宿帳に名を記すが泊まらない。どの旅籠に泊まっているかを特定されないためである。

「お任せ致します……」

道中、蘭次郎は常にびくびくしていた。わざわざ次にすることを口に出してやり、出来る限り平常心を保たせようとしている。これは何も優しさからではなく、狼狽《ろうばい》されればこちらが守りにくいからである。

逃げやすさで五つ旅籠を選んで銭を渡すと、もう一度宿場をぐるりと回ってその内の一つに入った。その旅籠は主人を失った女将《おかみ》が商っており、奉公人も女ばかり。男も一人いたが、まだお春より少し上くらいの年の頃だったからである。女子どもとて油断は出来ないが、他に比べれば下手人である可能性が低いのは確かであった。

――怪しい者はいないな。

平九郎は旅籠の中から表の様子を窺った。今のところそれらしい気配は感じない。流石にまだ一日も経っていないので、江戸から下手人を突きとめたとの報が届くこともなかろう。甲州まであと四日ほどは掛かる。もし追われているならば、それまでに下手人は必ず仕掛けて来る。

――頼むぞ。

少しでも早く報せが届くことを祈りながら、平九郎は暖簾の隙間から東に流れゆく雲を見つめた。

二

行灯《あんどん》が二つ。

隙間風を受けて同じ方向へと倒れるように揺れている。夜も更けているが、御庭番頭曽和《そわ》一鉄《いってつ》は詰所にある自室で、山のように積まれた調書《しらべがき》に目を通していた。

御庭番の表の役目は将軍の庭の手入れをすることだが、裏では将軍直属の忍びとして暗躍している。もっとも御庭番を創設した先代吉宗《よしむね》公までは直に命《めい》を受けていたが、今の将軍は政に対する関心が薄いのか、老中の下《もと》で動いている。

老中は複数おり、誰かに怨《うら》みを買わぬよう、まんべんなく指示を受けるようにしていたのは昨年までのこと。老中松平武元《まつだいらたけちか》の人柄に触れ、

――御庭番の将来はこの御方に託そう。

と、心に決めた。

御庭番は知り得たことの核心は紙に記さず、全て口伝することになっている。文書を奪われれば外に漏れることになるためである。しかしながらとてもではないが紙に残さねば覚えられぬこともある。大名の石高の変遷、藩士の俸給、宿場の上がり、大商人の売り上げなどの数字だ。これらは仮に外に漏れても、大した問題にはならない。

怪しい動きをしている大名、旗本、商人などに纏《まつ》わる「数」を配下たちが調べ上げ、一鉄はこうして目を通しておかしなところが無いか探るのだ。人に関していえば家臣の数は当然、それらの石高、抱えている奉公人まで把握している。その大名家の国元、江戸での米の備蓄量、弓や鉄砲の数まで確認するのである。これが膨大で日中だけでは捌《さば》き切れないでいた。

「御頭」

襖《ふすま》の向こうから配下の者が声をかけてきた。

「誰か戻って来たな」

この詰所に誰かが走り込んで来たことはすでに気付いていた。時刻は子《ね》の刻を回っている。火急の事態が出来したことは確かであるらしい。

「伴吉《ともきち》です」

市井《しせい》に潜ませている配下の一人だ。八丁堀《はっちょうぼり》の近くで「幸位《さちい》」と謂う煮売り酒屋を営んでいて、商人たちの噂を集めさせている。

「抜け荷か？」

商人絡みの大事といえばそれである。特にここ数年は増加の一途を辿っている。

「いえ……」

「くの字か」

この幸位には最近、もう一つの役目が出来た。それが、

――くらまし屋との繋《つな》ぎを行う。

ということであった。一鉄が今しがた口にした「くの字」とはその符丁だ。老中松平武元が一日失踪するという事件の裏には、このくらまし屋の影があった。

くらまし屋は己たちにすら容易には知り得ぬ、裏の道の深いところまで熟知している。武元は彼らが力になるであろうと、御庭番に手を結ぶよう命じた。くらまし屋も何か大きな目標があり、広い探索の力を持つ御庭番が助けになると見たようで承諾している。

以後、くらまし屋に繋ぐ時には日本橋堀江町《ほりえちょう》の波積屋に、向こうからこちらに繋ぎたい時は幸位に報せることになっている。

「伴吉を」

「はい」

暫《しばら》くすると伴吉が入って来た。

「くの字から頼みがあり、至急会いたいと」

「内容は聞いたか」

「ある者の身辺、来し方を探って欲しいとのことですが、詳しいことは御頭にと申しております。今、幸位におります」

「誰だ」

くらまし屋は三人いる。その誰もがくらまし屋であり、三人でくらまし屋ともいえよう。

「堤」

「解った。向かう」

一鉄はすぐに詰所を出た。

――この忙しい時に。

配下たちの前で顔には出さないが、内心では舌打ちをしている。己の部屋に山積されている膨大な文書は、三日以内に目を通さねばならない。その後にもまた新たな文書が送られて来て、多忙が終わることはなかった。

伴吉と共に幸位に入ると、長椅子に男が二人座っている。一人は堤平九郎、もう一人の男には見覚えが無かった。

「くらまし屋は四人だった……という訳ではないようだな」

もう一人の男は憔悴《しょうすい》しており、とても玄人には思えなかったからである。

「呼び立ててすまない。依頼人だ」

「おい――」

くらまし屋とは手を結んでいるが、他の者に己たちの存在を知られる訳にはいかない。そう言おうとすると、先んじて平九郎は続けた。

「この男は二度と江戸に戻らない」

「なるほどな。それならいい」

一鉄は手を宙にひらりと舞わせて、別の椅子に腰を据えた。

「この男は小山と謂う旗本の次男で、名を蘭次郎と謂う」

「小山誠六《せいろく》の倅か。となると兄は藤之助《ふじのすけ》だな」

旗本、御家人の名。その家族構成程度は全て諳《そら》んじている。即座に頭から捻り出して口にすると、蘭次郎は唖然としていた。

「流石だな」

「この程度は当たり前だ」

置いてきた山積みの調書が頭をかすめた。年毎に、あるいは月毎に変わっていく数を追うのに比べれば、ずっと変わらぬ名を覚えることなどは容易いことである。

「この蘭次郎について調べて欲しい」

「調べて欲しいも何も、ここにいるのだから本人に訊けばよいではないか」

「本人にも判らぬから困っている」

なるほど。確かに世には自らに纏わることでも判らぬこともあるもの。深い訳があるらしい。

「詳しく話せ」

一鉄が短く言うと、平九郎はこれまでのことを簡潔かつ丁寧に話した。

「なるほどな。確かにお主らの悪事は耳に入っていた」

薄々、己が公儀に関係する者だと気付いているのだろう。そう言うと蘭次郎はぴくりと肩を動かした。

「知っていて何も手を打たなかったのか」

「俺たちは暇じゃねえ。目付の仕事だ」

一鉄は鼻を鳴らした。このような小悪党にいちいち構っていては配下が今の十倍いても足りない。表の者たちでは太刀打ち出来ぬ者、幕府の転覆を目論《もくろ》むような者こそ己たちの相手だと割り切っている。

「この男たちを怨んでいる者を探れば良いのだな」

一鉄はちらりと蘭次郎を見て言った。

「頼めるか」

「互いに力を貸し合うというのは、こちらが申し出たことだ。で、いつまでに調べればよい」

「出来るだけ早いほうがいい」

もう江戸にいるほうが危ないと判断し、明日には蘭次郎を連れて甲州に向けて発つというのだ。最悪、このまま下手人の正体が判らなくても突っ走る。だが、守るには判るのと判らぬのでは大違い故、ついに御庭番の力を借りることにしたとのことらしい。

「ったく……俺たちは飛脚じゃねえぞ」

一鉄は苦々しげに溜息を漏らした。ただでさえ時が少ないのに、追いかけて報せろとは無茶を言う。

「俺たちのことを調べたお前以外には頼めぬ」

「解った。三日……いや、二日で割り出してみせる」

「有難い」

「一つだけよいか」

「何だ」

「話すのが遅い。借りを作りたくないとか余計なことを考えず、さっさと頼れ。こっちも何かと忙しい」

一鉄が無愛想に言って早くも腰を上げると、平九郎は目を見開いて驚いたものの、やがて不敵に微笑《ほほえ》んだ。

こうして一鉄は幸位を後にすると、詰所にいる配下を呼び集めた。不測の事態が起きた時に対応するため、詰所には常に数人の配下がいるのだ。

「桝本《ますもと》三郎太、出田幸四郎、国分《こくぶ》林右衛門、小山蘭次郎。以上の四人を怨み、なおかつ手練れの者を調べ上げる。寸借、食い逃げ、些細な喧嘩でも漏らすな」

「はっ」

一鉄が命じると、配下たちは力強く頷いて散っていった。ここからさらに市井に紛れている御庭番の者たちに繋ぎ、細かな話を拾い上げて来る。御庭番の表の顔においての「庭」とは将軍家の庭であるが、裏においては江戸の町そのものが庭。一鉄は、己たちがつくり上げてきたこの網に絶大な自信を持っている。

翌日から蘭次郎ら四人に纏わる話が次々と飛び込んできた。これらを受け取って取捨し、時に継ぎ合わせて答えを導くのは、頭の己の役目である。

一昨年の秋に皆でお薦《こも》を袋叩きにした。三年前に肩がぶつかった襖職人を脅して銭を奪った。昨年には煮売り酒屋に御家人の子女を引き込んで酌をさせ、衆前で辱《はずかし》めた。その他、御法度にもかかわらず、酔って皆で馬を走らせるなど、悪い話が幾つでも出て来た。

「餓鬼どもめ。調子に乗りおって」

一鉄は何人目かの報告を聞き終えると、思わず吐き捨てた。

押し込み、殺し、火付けなどと比べれば、確かに一つ一つの悪事は大きなものではないかもしれない。この程度ならば捕まらない、問題になっても揉《も》み消せる、奴らもその塩梅を心得ている。それが一鉄には余計に忌々しく反吐《へど》が出そうになる。

奴らの親も若干の程度の差こそあれども、押しなべて我が子に甘い。故にこのような増長した者どもが生まれてしまうのだ。

調べ始めてから二日目の夕刻となったが、まだ下手人を断定できる話は入って来ていない。

「三月《みつき》前、彼の者らは酔いに任せ、市中で馬を走らせたようです」

「その話はすでに聞いた。娘に怪我をさせ、流石に目付に咎《とが》められたそうだな」

その馬の騒ぎの仔細はこうである。

四人の中では剣術は三郎太が抜きんでている。弓の腕は皆がさほど変わらない。では馬ならば誰が一番かと話していたのが発端らしい。

昼間から煮売り酒屋で飲んだくれていたということもあり、酒の勢いで三郎太が、

――では今から誰が上か、はっきりさせようではないか。

と切り出した。馬の調練を行うならば、事前に申し入れて馬場を用いねばならない。蘭次郎がそう言って止めたのを怯《ひる》んだと取ったようで、三郎太はそれでは真の腕は判らぬ。人の波を巧みに躱《かわ》してこそだとさらに畳みかけた。ここまで言われれば他の三人も引き下がらなかった。

武士はお役目や、火急の事態ならば馬に乗っても咎められない。桝本家の当主、つまり三郎太の父の命を狙う者がいるという噂を聞き、小山家から慌てて馬に乗って駆け戻った。他の三人もこれは見逃せぬと助太刀のために同じく馬を駆る。このような筋書きを考えたらしい。

幾ら酩酊《めいてい》していても些か無理筋だと判るはずだが、たとえ咎められても、いつも通り父が上手く納めてくれると、四人とも考えていたのだろう。

かくして小山家から桝本家まで、馬を駆って競争を行った。まともな大人のすることではない。

往来を四騎が疾駆する。行き交う人々は吃驚《びっくり》して道を空け、中には火事でも起こっ

たのかと狼狽《うろた》える者もいた。注目されることが快感になっていたのだろう。四人の誰もが得意顔であったと、それを見た商人が証言した。

四騎は抜きつ抜かれつ、縺《もつ》れ合うようにして江戸の町を風の如く駆ける。間もなく桝本家というところで事件が起こった。少女が辻から飛び出してきて、その時に先頭を走っていた幸四郎の馬に跳ね飛ばされたのだ。

悲鳴が上がり、往来は騒然となった。流石に彼らもまずいと悟り、顔を凍り付かせて馬を止めた。

少女に駆け寄ったのは白髪の老人である。少女の祖父であったらしい。老人が必死に名を呼ぶと、少女は小刻みに震えながらも上体を起こした。また、か細い声で、

――大丈夫だよ。

と、言って気丈に微笑みもしたらしい。少女なりに祖父に、周囲の人々に、そして跳ねてしまった四人に、心配を掛けまいとしたのかもしれない。

少女が無事と判り、立ち竦《すく》んでいた野次馬から、感嘆とも安堵ともつかぬ声が上がった。四人もすっかり酔いが醒《さ》めた様子で、ほっと胸を撫でおろしていたという。

ともかく家に帰って医者に診てもらおうと、老人は衆にも構わず少女をおぶってその場を後にした。

流石に目付の知るところとなり、考えた筋書を話したものの言い訳ととられ、四人は謹慎を命じられた。だが、これもたった十日で解かれることとなった。すぐさま少女の身元を調べ、四家から十両ずつ見舞金が届けられたのだ。これが殊勝な心掛けと見做されたようである。

「ですが、その娘は事故から十四日後の未明に死んでいます」

「何だと」

先に聞いた話は、少女に大事がなかったというところで終わっていて、まさか死んだとは思いもしなかった。配下は重々しく報告を続けた。

「躰は軽い擦り傷、打ち傷程度で、骨も折れてはいなかったとのこと。一度は普通の暮らしに戻ったようです。ですが……突然、頭の痛みを訴えてそのまま」

大事故でも怪我一つ無いことはままあるが、その反対に外傷がなくともぽっくりと死ぬこともある。察するに頭の打ちどころが悪かったのだろう。

「娘の家は」

「御家人です」

勘が騒ぎ、一鉄は身を乗り出して声低く訊いた。

「そのことを四人は知っているのか」

「知った様子はありません」

「その父の線は無いか」

娘を奪われた父ならば、四人を殺したいほど憎んでも何らおかしくない。武家ならば当然、刀はそれなりに扱えるだろう。

「とてもではありませんが」

配下は口を真一文字に結んで首を横に振った。

あまりにも唐突な娘の死に、父母は今も抜け殻のようになっているという。消沈のあまり、お役目も果たせず、父は家に引き籠っているとのことであった。

「違うか……」

しかし何か胸騒ぎがする。何か見落としていないかと一鉄は考え込んだ。その間を埋めるように、配下がさらにその家族の様子を説明した。

「黛《まゆずみ》家は今も通夜のような有様にて……」

配下は微かに唇を噛み締めた。世の人は忍びといえば冷血な者と想像する。実際にそのような者もいるが、この配下がそうであるように完全に感情を殺し切るのは、人である限り難しいもの。また一鉄はそれでよいと思っている。一鉄が顔を曇らせたのはそれが原因ではない。

「今、黛家と申したか」

一鉄は素早く手を上げて話を制した。他の者もこの事故について報じていたが、娘が無事だと思っていたので、すぐに対象から外して家名を聞いていなかった。裏を返せば他に怪しい者が沢山いるほど四人の行状は悪かったのだ。

「はい。左様で」

江戸では珍しい名字である。一鉄の頭に真っ先に一つの家が思い浮かぶ。

「御徒士の黛長介《ちょうすけ》か」

「さようにございます」

「やはり」

「黛長介は幼い頃から病弱で、剣のほうはからっきしです。桝本たちを討つことは――」

「いや違う。娘が死んだ後にこのようなことはなかったか……」

ある仮説を口にすると、配下は何故知っているのかと目を見開いた。すでに一鉄には下手人の目星が付いている。十中八九間違いはないだろう。

「すぐに発つ」

まだ要領を得ない配下に馬を曳くように命じると、一鉄は急いで支度を整え始めた。

——くらまし屋。判ったぞ。

一鉄は銑鋧《せんけん》を躰中に仕込み終えると、最後に両刀を腰に捻じ込みつつ、今も西へと歩を進めているだろう平九郎に向けて心中で呼びかけた。

三

府中宿を後にして、さらに甲州街道を西へと進む。日野、八王子まではまだ街道に人通りも多いのだが、小仏《こぼとけ》関所を越え、相模《さがみ》国に入ってからは一気に路は寂しくなる。遠くに畑を耕す百姓が見えればまだよいというもの、見渡す限り人っ子一人いないということもある。こうなればいつ襲われてもおかしくなく、周囲により気を配らねばならないため、脚も自然と遅くならざるを得ない。

二日目は府中から六里二十町先の与瀬《よせ》宿で草鞋《わらじ》を脱いだ。

与瀬宿は本陣こそあるものの、旅籠は僅か六軒で府中宿と比べれば格段に小さな宿場である。府中宿の時のような、どの旅籠に泊まっているか判らぬようにする手は使えない。蘭次郎を床に就かせた後も、敵の襲撃に備え、平九郎は刀を抱いて壁に寄り掛かって眠った。

——俺も付いていったほうがいいんじゃないか？

出立前に赤也はそう意見したが、断った。赤也がいれば交互に寝ずの番を行うことも出来るし、泊まった旅籠で変装し直すことも出来る。だが迅十郎は勿論のこと、下手人も相当な腕前であることが解っている。一度後ろに張り付かれれば、変装も容易く看破するだろう。

何より、赤也を守る自信が無かった。赤也には悪いが、戦いにおいては役に立たない。己は蘭次郎の身を守るので精一杯であろう。

三日目、鶴川《つるかわ》宿から野田尻《のだじり》宿に向かう途中のことである。

「後ろを歩け」

平九郎は被った菅笠を持ち上げながら言った。大曲がりした路の先に、大きな杉の木が見えたのだ。生い茂った葉で身を隠し、木の上から短弓などで狙われることもあり得る。

「くらまし屋殿」

蘭次郎が呼びかけた。己が「平さん」と呼ばれていることは知っているが、蘭次郎としては、流石にそのように呼ぶ訳にもいかないとみえる。

「何だ」

「用を足したいのだが……」

左右を見回しながら蘭次郎は窺うように言った。

「ここは駄目だ。守りやすいところまで我慢するか……」

「するか？」

蘭次郎が背後から問いかける。その間も平九郎の両眼は目まぐるしく動いている。

「垂れ流せ」

「そんな……」

「甲州までは命を守ることだけ考えろ」

今度は大杉の向こうから、二人連れ立ってこちらにやってくる者が見えた。風体からしてどちらも武士である。

——目が幾つあっても足りぬ。

平九郎は丹田に力を込めて気を引き締めた。

向かって左側は切り立った山である。木々が鬱蒼と生い茂っており勾配も急だが、木々の間を縫って逆落としに斬り掛かってくるかもしれない。

右側は開けた田園。見晴らしはよいものの、予め掘った穴に身を隠すこともできるだろう。

前方は杉の木の上からの狙撃、次いですれ違う武士に警戒しなければならない。背後も気を配らねばならないが、そう何度も振り返っては他への注意が散漫となり、見た者も怪しむだろう。常に耳を欹《そばだ》てて特に後ろの物音には注意している。

先刻、蘭次郎が畑に寄り過ぎていたため、穴を掘って潜んでいる者がいるかもしれないと腕を引いた。すると蘭次郎は、

――流石に大袈裟ではありませんか？

などと言って苦笑したのだ。

これが玄人と素人の最も大きな違いかもしれない。あれほど怯えていたにもかかわらず、たった二日旅をして襲ってこなかっただけで、すでに気が緩み始めている。人はいかなる苦境にも順応しようとする生き物で、このようにすぐに慣れてしまう。これは心への負荷を減らそうとする本能なのかもしれない。

だが、優れた玄人ほど恐怖を心に留めて薄れさせない。恐れは備えを生む知恵の源泉だと解っているのだ。

――素人に言っても無駄だ。

別に見放した訳でも、見下した訳でもない。長く怯え続けるにも修練と場数が必要で、幾ら言っても無駄だと判っている。とにかく己が気を抜かぬようにするしかない。

どうやら大杉の上に人影はなさそうである。次はすれ違う男二人に注意を向ける。

「山側を歩け」

今度は蘭次郎に己の後ろから左側に移るように命じた。男たちとの距離が三十間、二十間、十間と縮まって来る。平九郎は右手をすぐ柄に走らせられるように、歩きながら何度も開閉させて慣らしていた。

「良い天気ですな」

向こうから編笠を持ち上げて声を掛けて来た。年の頃は三十五、六といったところ。見たことのない顔である。これで少なくとも炙り屋は除外出来る、とは思わなかった。もう一人の侍が俯きがちで相貌がはきとしない。

「結構なことです」

平九郎は答えながら横目でもう一人の顔を探り続けた。これもどうやら見たことが無い。だが、まだ蘭次郎らを狙った下手人の線は残る。

「この先は坂も急になります。道中お気を付けて」

男たちとすれ違うと同時、平九郎は脇を行く蘭次郎の腰に手を回して前へ押しやった。下手人は出田幸四郎とすれ違いざまに、何らかの手を用いて殺したと見ている。その時の状況に酷似していたからである。

「そういえば、今日はどこでお泊まりかな？」

背後からの男の声に、平九郎は素早く振り返った。

「まだ決めていませんが」

「猿橋宿《さるはし》はお止めになったほうがよろしい」

急に何を話し出すのかと平九郎は押し黙った。これは唐突過ぎたなと男は苦笑する。

「十日ほど前に猿橋宿で大きな火事があり、旅籠の多くが焼けてしまいましたので」

「何故そのようなことを？」

「拙者は加賀の火消侍《ひけし》でしてな。失火というものの些か不審のかどありとのことで、御公儀から当家に調べろとの命が下ったのです」

加賀の火消は江戸で随一とも言われているので、幕府が恃むのも有り得る話である。

「大頭《おおがしら》」

もう一人の侍が諌《いさ》めるように言った。

「よいではないか、十時《ととき》。結局のところ火付けではなく、死人も出なかったのだからな」

「ご忠告痛み入ります」

「火には用心下されよ」

平九郎が軽く会釈をすると、大頭と呼ばれた男は目尻に皺を浮かべて微笑んで去っていった。

雰囲気からして違うと思った。それでもすれ違った二人が見えなくなってからも、平九郎は何度か振り返ってようやく警戒を解いた。

このようなことが何度も続くため、今回の勤めはいつにも増して息をつく暇もない。年恰好などから注意出来るように、やはり下手人の正体を知りたかった。

江戸を出る直前、御庭番の曽和一鉄に頼んで引き受けてもらったが、今のところ報せはない。そろそろ、このまま甲州まで行くことを覚悟せねばならないだろう。平九郎はそう考えながら、四方八方に気を配りつつ脚を動かした。

与瀬宿から四里十三町、江戸の日本橋から数えて二十番目の宿場、犬目《いぬめ》宿に差し掛かったのは昼過ぎのこと。陽の傾きから見て、およそ未の下刻（午後三時）といったところである。

犬目宿は本陣が一軒、脇本陣が二軒。旅籠十五軒と小規模な宿場が続く中では、比較的大きな宿場といえる。さらにここは甲州街道の中でも特に高地にあり、

――房総の海、富士の眺望奇絶たる所。

と言われて、旅慣れた者には人気のある宿場でもある。

今日はここで泊まるつもりだったが、予定より少し早く進んでいる。早さを優先す

るならば、もう一つ先の鳥沢宿《とりさわ》まで足を延ばすというのも悪くはない。平九郎は思案しながら宿場の中を歩いていた。

「安くするから泊まっていきなよ」

「うちは飯も出すよ」

などと旅籠の者たちが威勢よく呼び込もうとする。木賃宿ならば飯の支度も己でしなければならない。飯を出すというのも旅籠の魅力の一つになり得るのだ。

まだ饂飩《うどん》、団子、汁粉などを売る店も開いており、宿場は賑《にぎ》やかな声で溢れていた。己たちのように、泊まるか進むか迷っている最中の旅人が多いのか、往来の人通りはかなりある。

「今日はここで泊まるか」

蘭次郎は先ほどから腹の虫が鳴いていたらしい。平九郎がそう言うと助かったというように目に生気が戻る。

「あそこなぞいいのではないですか？」

蘭次郎は調子づいて一軒の旅籠を指差す。飯を出すと言って呼び込んでいる旅籠である。

「別がよかろう」

敵に踏み込まれて返り討ちにしたとしても、騒ぎになってしまえば宿役人が走って来る。やがて道中奉行配下の者も駆け付けよう。蘭次郎が言った旅籠は宿場の中央に位置しており、逃げるには向かないのだ。

「そうですか。ではあの旅籠――」

蘭次郎が別の旅籠を指差し、平九郎もそちらに視線を走らせたその時である。目の端に煌《きら》めくものを捉えた。正面に迫っていた小柄な男が、いきなり抜き打ちを仕掛けてきたのである。頭で考えるより速く躰が反応し、平九郎も刀を抜き放つ。

「ああ……」

蘭次郎の顔が一瞬で恐怖に染まる。喉元から僅か三寸（約九センチ）ほど先で、平九郎の刀が抜き打ちを遮っている。体勢が崩れるほど腕を伸ばし、すんでのところで防いだ格好である。

鍛冶場で鉄を打つような高い音が宿場に鳴り響いたが、雑踏の声に混ざって殆ど誰も気付かない。僅かに近くを通っていた者たちが顧みたが、それでも何が起こったのか分からずに呆気に取られている。

――下手人だ。

男は菅笠を目深に被っており相貌が見えない。ただ背格好から迅十郎では無かった。

そして何より男が抜いたのは大刀ではなく、脇差であった。三郎太を隘路《あいろ》で討ったのも、近い距離で戦うのを得意にしているからではないか。目まぐるしく頭が動いてそのように考えたが、まだ一呼吸するほどの時も流れていない。

「くっ……」

男は力を込めて止めた刀を撥《は》ね退《の》ける。体格ではこちらが勝っているが、腕を伸ばした体勢では、どうしても力負けしてしまった。男は脇差を手の内で旋回させて逆手に持ち替え、蘭次郎の喉元を掻き切らんと腕を振り抜いた。この時になってようやく事態に気付いた者が現れ、宿場に悲鳴がこだましている。

「関口《せきぐち》流柔術、逸手《はやて》」

刀では間に合わぬと判断し、脇差を振る男の脇を左手で突き上げた。刃の軌道を何とか上に逸らしたが、それでも蘭次郎の額を掠めた。薄皮一枚切れたようで、すぐに無数の血の珠が浮かぶ。平九郎は片手で大上段から刀を振り下ろしたが、男は大きく飛び退いて躱す。男の菅笠の端を僅かに切り裂いたのみである。

──何だ。

平九郎はこの短い間で違和感を持った。

一つは技の名を口にした瞬間、蘭次郎を討てるかどうかの瀬戸際にもかかわらず、男が微かにこちらを向いたこと。

平九郎のほうがずっと背丈があるため、こちらからは菅笠に遮られて相手の顔が見えない。しかし男が飛び退く時に己の顔を見られたと感じた。

二つ目の奇異なことは、顔を見た男が明らかに狼狽したことである。肩をびくんと動かし、着地した足をもつれさせたのも見逃さなかった。

すでに周囲の人々は蜘蛛《くも》の子を散らすように逃げ惑っている。宿役人に知られるのも時間の問題であった。

「曲者だ！　辻斬りだぞ！」

なおも俯き加減に刀を構える男を指差し、平九郎は大音声で叫んだ。男が先に斬り掛かったのを見た者もいるはず。さらにこうして煽っておけば、少なくとも宿役人は己たちより早くこの男を捕らえようとするだろう。

男は機を逸したと察したようで、身を翻して駆け出した。宿場の人々は悲鳴を上げて逃げるのみで、男を遮る者は誰一人としていない。

「額を……」

蘭次郎は額に触れて、真っ赤に染まった手を見つめて愕然としている。

「行くぞ」

この場を離れなければならないのはこちらも同じである。捕まれば根掘り葉掘り訊かれることになる。嘘の身分で宿場を抜けているのだ。取り調べられれば、やがて江戸で失踪した蘭次郎だということも知られてしまう。

「死にたくない……」

蘭次郎は動揺しており、平九郎の呼びかけにも反応しない。

「この程度で死ぬか。まことに死にたくなければ走れ」

平九郎は蘭次郎の顎を摑んで顔を寄せた。ようやく我に返ったようで、顔を朱に染めた蘭次郎が頷く。二人して混乱の坩堝《るつぼ》と化した宿場を駆け抜ける。男は幸いにも己たちとは反対の道のほうに走っていった。このまま駆け抜けて甲州に近付くことが出来る。

「血を拭え」

平九郎は走りながら腰の手拭いを引き抜いて渡した。深い傷ではない。すでに血は止まりつつある。だが、流石に血塗れの顔では目立つ。

「はい……」

蘭次郎は息を弾ませながら顔を拭う。

「捕まれば終わりだ。追いつかれれば俺が引き付ける。次の鳥沢宿の手前に森がある。

そこに身を潜めろ」

「もしそこを襲われたらどうするのです！」

いきなり斬り掛かられた恐怖が蘇《よみがえ》ってきたのか、手拭いの隙間から覗く蘭次郎の目は怯え切っている。

「そうならぬように脚を動かせ」

宿場を駆け抜け、一町、二町と進んでもまだ脚を緩めなかった。宿役人も何が起こったのか、事態を把握するのに時を要しているのだろう。判ったとしても男のほうを追いかけているのではないか。己たちを追ってくる者の姿は無かった。

「まさか宿場でいきなり仕掛けて来るなんて……」

蘭次郎は走りながらぶつぶつと呟く。

平九郎も正直なところ同じことを考えていた。決して油断していた訳ではないが、宿場の雑踏の中で仕掛けて来るとは意外であった。江戸にずっといるならばまだしも、他に襲いやすい場所は幾らでもあるのだ。

蘭次郎に付いている己を護衛と見て裏を掻いてきたのだろう。実際、目の当たりにして腕も相当なものだったが、その判断が出来るのは、場数を踏んでいるからだ。

「あれはどちらなのですか？」

蘭次郎が尋ねた意味が一瞬よく判らなかった。だが、考えてみれば蘭次郎は下手人も、炙り屋こと迅十郎も見たことが無い。どちらに襲われたのかさえも判っていなかったということである。

「あれは三郎太たちを斬ったほうだろう。炙り屋は俺よりも背が高い」

「そうですか……」

「見覚えはなかったか?」

「顔は見えませんでしたが、思い当たるような者はいません」

「そうか」

蘭次郎にも判らなかったことで、先ほどの疑問がまた頭を擡《もた》げてきた。あの男は己の顔を見て動揺したようだった。その理由として考えられるのは、

――己の顔を見知っている。

ということではないか。

だが裏稼業の者ですら、己の顔を知っている者は多くないのだ。果たしてそのようなことが有り得るのか。平九郎もあの背格好、佇まいにどこか見覚えがある気がする。だが、それが何時、何処で見たのだったかまでは思い出せないでいた。

いつまでも考えに没頭している訳にもいかない。宿場の者が悲鳴を上げても、あの

男はまだ刀を構え続けていた。余程の執念で蘭次郎を狙っている。逃げればまた必ず襲ってくるだろう。

迅十郎のことも気掛かりであるが、すくなくとも下手人が体勢を立て直すまでに少し時が掛かる。今のうちに距離を稼いでおきたい。宿役人が追ってくることも考え、この日は陽が暮れるまで足を止めず、さらに三里先の大月《おおつき》宿でようやく旅籠に入った。

蘭次郎にも目的の地は甲州としか言っていないが、その村は勝沼《かつぬま》宿の北にある。大月宿から数えて勝沼宿は十先、あと約六里半の道のりである。

## 四

明け方から小雨がしとしとと降り始めた。ここからは甲州街道でも悪路が続くため、常の旅人なら雨宿りでさらに一泊する者も多いが、今の己たちは、そんな悠長なことはしていられない。

旅籠の主人に頼んで蓑《みの》を二つ譲ってもらい、それを身に着けて卯《う》の下刻（午前七時）には大月宿を発った。

もう陽は昇っているものの、厚い雲に遮られて風景の色は重々しい。所々に山桜が咲いている。娘が初めて紅を差した時のような淡い花弁から、雫《しずく》がしたたり落ちる様は何とも艶やかで、雨に弾かれて柔らかな香りを放っている。

「今日の内に村へ入る」

ここで初めて平九郎はそのことを告げた。蘭次郎の額はやはり浅手で縫う程でもなかった。念のために手拭いを巻いているが、血が滲《にじ》むようなこともない。

「もう大丈夫でしょうか……」

蘭次郎が不安げに、来た道を時折振り返る。

「いや、これからが最も危うい。気を抜くな」

下手人はともかく、迅十郎が近くに迫っているならば今日仕掛けて来ると踏んでいる。雨が降ると山桜のような花のみならず、草木、土など様々な香りが入り交じり、人の気配を薄める。さらに若干ではあるが、跫音も打ち消す。足場も悪くなるため、己はともかく、蘭次郎は不覚を取りやすい。全て些細なことかもしれないが、この僅かな差が仕事の命運を分けることを、あの男はよく知っている。

予想通りぬかるんで足を取られるような箇所もあり、僅か三里ほど先の黒野田《くろのた》宿に辿り着いた時には、灰雲の向こうに薄っすらと見える陽は中天に昇っていた。この先には甲州街道随一の難所笹子峠《ささごとうげ》があり、平九郎はここが最も危ういと感じていた。

「そこの御方」

黒野田宿の入口で、宿役人に止められた。この旅で二度目のことだが、前回とは訳が違う。犬目宿での騒動がここまで伝わっているかもしれないのだ。

「何でしょう」

平九郎は菅笠を持ち上げて応えた。

「名をお聞かせ願いたい」

「堀家徒士組頭、園部平左衛門と申す」

平九郎は手形を懐から取り出して宿役人に渡した。もし咎められたら蹴散らすことも考えねばならない。

「少し詰所でお話をお聞かせ願えますかな」

「先を急いでいるのだが……」

「すぐに終わります。江戸で博徒が人を殺して甲州街道を逃げたらしいのです。その者は躰に鯉《こい》の刺青《いれずみ》をしているとのこと」

なるほど。躰を改めたいというのだろう。ここは下手に波風を立てぬほうが懸命である。平九郎は大人しく従って詰所へと足を向けた。

「中間はよいのか？」

己一人だけを中に入れようとするので、平九郎は立ち止まった。

「背格好が違いますので」

宿役人は低く制した。もし己がその博徒であったとすれば、仲間が逃走を手伝わぬように引き離そうとしているのだ。

「ここで諸肌になりましょう」

「それは困る」

「では中間も連れていって頂きたい」

「仕方ありませんな……」

宿役人は苦笑して平九郎の耳元で囁いた。

「解りました。金太、お役人たちと共におれ」

平九郎は蘭次郎に命じた。それまで抵抗していた己が急に素直になったので、蘭次郎は不安げな面持ちになる。

「すぐに戻る」

宿役人が四人、蘭次郎を取り囲むのを見届けると、平九郎は詰所の中に入った。

煙草を二、三服するほどで平九郎が戻ると、蘭次郎の顔に安堵の色が広がる。こうして二人は宿役人から解放され、先へと向かった。宿場を抜ける途中、平九郎がちらりと見上げていると蘭次郎が尋ねる。

「嫌疑は晴れたので？」

「ああ、諸肌になればすぐにな」

「犬目宿のことは……」

「まだ伝わっていないようだ」

そのような会話をしている内に、笹子峠へと差し掛かった。勾配がきつく、道は蛇のように曲がりくねり、両側には鬱蒼とした森が広がっている。泥が糸を引くのではないかというほど地はぬかるんでいる。ただでさえ人通りが少ないのに、雨のせいで行き交う人は皆無である。

――来るな。

先ほど黒野田宿を通り抜ける時、二階建ての旅籠の上からこちらを見ている男がいた。

間違いなく炙り屋、万木迅十郎である。こちらに敢えて姿を見せたのは如何なる心算か。裏稼業のくせに正々堂々などと言う訳でもあるまい。互角故に紙一重の勝負になると見て、少しでもこちらの神経を削り取ろうとしているのかもしれない。

笹子峠の頂《いただき》にまで来たときには、雨が止んで雲間から光も差し込み始めた。頂には山桜が群生しており、眼下には山野を断ち割るように流れる笹子川も見える。花の香りに包まれている中で、このような時でなければ景観に心を奪われていただろう。

「蘭次郎」

「はい？」

「下がっておれ」

平九郎はそう言うとゆっくりと身を翻した。先刻より後ろに付かれていることに気付いていた。己たちが上って来た峠道を上って来る者がいる。坂下から菅笠が見えたところで、蘭次郎がひっと喉を締め付けるような奇声を上げた。やがて男の全身も露わとなる。

てっきり迅十郎が先に仕掛けてくると思っていたので意外であった。姿を見せたのは、犬目宿で襲ってきた下手人である。

「退いて下さらぬか」

呼びかけたが男は何も答えない。俯きながら腰の刀に手を落とすのみである。平九郎は刀には触れない。ただ男を見つめながら、精一杯の惻隠《そくいん》の情を込めて言葉を重ねた。

その時、峠をなぞるようにして風が吹き上がり、頂で渦を巻くようにして木々をさざめかせた。打ち消されたかに思った声も届いたようで、男ははっと顔を上げて真っすぐにこちらを見つめる。

二人の間には濡れて光沢のある花弁が飛んで、まるで渦のように宙を舞っている。

陽射しを受けて淡く桜色に輝く景色の向こうで、唇を噛み締める男をじっと見つめながら、平九郎もまた拳を強く握りしめた。

## 五

平九郎が男の正体を知ったのはつい先刻のことであった。黒野田宿で止められて抵抗しようとした平九郎に対し、宿役人は耳朶に口を近づけて、

——合言葉は一徹者とのこと。

と、そっと囁いたのだ。

それで一鉄がこの詰所に来ていると解った。そもそも江戸で人殺しをした博徒など端から存在しない。武士と中間の二人組は必ず止めて、背中の刺青を見るという名目で詰所に呼び出せ。それでも抵抗するならば、その合言葉を囁いてみろ。無関係の者ならば首を捻るが、目当ての者ならばかならず詰所に付いて来る。一鉄は幕府の使者を名乗り、そう宿役人に命じていたと後に知った。

詰所の中に入ると、奥の部屋に一鉄が座っていた。

「幕府大御目付兼御役附、荻原主水正《はぎわらもんどのしょう》である。頭が高い」

一鉄は懐から書状を取り出してひらりと開き、片笑んだ。御庭番は表向きにはあくまで将軍付きの庭師程度のお役目である。裏のお役目は色々とまことしやかに語られることはあるものの、あくまでも噂の域を出ず、宿役人にも役目を語る訳にはいかない。そのためいかなる身分を名乗る事も内々に許されているらしい。今回は便宜を図らせるために、かなり高位な役職を名乗ったようだ。

「物騒な使者様だ」

平九郎は思わず苦笑を零した。が、内心ではよくぞ間に合ったと心が躍っている。

「遅かったな。抜いちまったじゃねえか」

一鉄は溜息交じりに言った。そもそも間に合うかどうか判らなかったのだから、落ち合う場所を決めることは出来なかった。一鉄が犬目宿に差し掛かった時、二刻ほど前に刃傷沙汰があったことを聞き、それで襲われたのが己たちだと、ぴんと来たという。

「どの宿場で泊まるか判らねえし、一軒一軒当たっちゃ目立ち過ぎる」

宿場の全ての旅籠を訪ね回っている者がいれば、下手人や炙り屋もおかしいと気付くかもしれない。それで尾行されてしまえば却って足を引っ張ることになる。そこで笹子峠はすぐには越えられないと判断し、この黒野田宿で待ち構えることにしたというのだ。

「手を煩《わずら》わせたな。だが何故、俺だけ……」

「素人ならもう心は限界だろう。これ以上、悪い話を聞かせれば錯乱してもおかしくねえ」

一鉄は流石に御庭番を纏め上げるだけあって、人の心の機微というものを熟知している。

「解ったのか？」

「四人に怨みを抱き、頗《すこぶ》る剣に長《た》けた男が一人だけいた。黛家という御家人の隠居だ。何と丁度還暦を迎える」

「老人がやったというのか……」

下手人は旗本の子弟でも一、二を争う桝本三郎太と正面から立ち合って破り、出田幸四郎は白昼の往来ですれ違いざま、目にも留まらぬ早業で討った。俄《にわ》かには信じがたいことであった。

「二月半前、あいつらに孫を殺されている」

「何……」

一鉄は事の次第を詳らかに話した。それを聞いている内、平九郎は沸々と怒りが込み上げてきた。残された家族は殺したいほど憎むだろう。もし娘がそのような目に遭えば、己も復讐の鬼になるだろうと思う。

「しかし父では無いのか？」

父も健在だというから、先にそちらを疑いそうなものである。

「剣はからっきし。今は抜け殻のようになっている」

「だからといって……」

その隠居が下手人である理由にはならない。そう言おうとすると、一鉄は険しい顔で首を横に振った。

「御庭番はその隠居の動向を時折調べていた」

幕府に仇をなしかねない不穏な者、かつて己が晦《くら》ました阿部将翁《あべしようおう》のように飛び抜けた知識を有す者、あるいは極めて殺しに長けた者。御庭番にはそのような者たちの一覧があるという。帳面に残すのではなく、代々の頭が口伝で受け継いでいる。

「暗殺に長けているということか？」

「『鼻唄』長兵衛《ちようべえ》。かつて暗黒街を震撼させた振……お前の先達だな」

その長兵衛が裏の仕事を始めたと思われるのは、今から三十八年前。己が生まれる以前のことである。そこから十二年もの間、多くの暗殺には長兵衛の影があったと噂される。しかしあまりに鮮やかな手口で、何一つ証拠を残さないので、御庭番をもってしてもその全貌は摑めていないという。御庭番ですらそうなのだから、奉行所や目付に至っては捕まえられるはずもない。

やがて長兵衛が裏の道から足を洗ったことは判ったが、あれほどの手練れならば要人の暗殺に利用しようとする者も現れるかもしれない。そこで御庭番の注視する人物の一覧に加わったらしい。

「足を洗って二十六年。その頃はまだ餓鬼だった俺も、実際に『鼻唄』の手口を見たことはない」

「何故、そのような二つ名で呼ばれている」

「唄うんだとよ」

一鉄は喉を鳴らした。長兵衛がやったと思われる殺しで最も多いのが、すれ違い様に相手の首を掻き切るというもの。当人は斬られたことも気付かず、暫し歩いたところでどっと斃《たお》れるほどの腕前らしい。

人と連れ立って歩いているところを殺された者もいる。どの事件でも連れが、

――鼻唄交じりの男がいた。

と口を揃えて証言したことで、そのような異名で呼ばれることとなった。

何故、唄うのかは判らない。油断させるためか、自らの気を鎮めるためか、あるいは癖なのかもしれない。裏稼業の者にはどだい不合理としか思えぬ流儀を持っている者も多いのだ。

「ともかく長兵衛は二十六年、ただの一度も刀を抜くことはなかった。だが孫が死んで間もなく、刀を持って忽然と姿を消している」

配下に確めたが間違いないらしい。一鉄は溜息混じりに続けた。

「近所の者が言うには、孫のお彩《あや》を目に入れても痛くないほど可愛がっていたそうだ。昨年も帯解きの後、家族で仲睦まじく連れ立って神社に……」

「待て」

平九郎は一鉄の話を鋭く遮った。己の顔からみるみる血の気が引いていくのが判る。喉を震わせるようにして続けて尋ねた。

「それは氷川《ひかわ》神社か……」

「お前、何故それを」

一鉄は驚きの表情になって瞬きを速める。その問いには答えず、平九郎は絞るように言った。

「解った……世話になった」

「お前に死なれては御老中に申し訳が立たねえ。俺も手伝ってやる」

腰を浮かせようとする一鉄に向け、平九郎はゆっくりと頭を横に振った。

「いや、心配ない」

「何て顔しやがる……」

一鉄は己の顔をまじまじと見つめ、眉を顰《ひそ》めている。

「俺が始末を付ける」

平九郎はそう囁くように言い残して詰所を後にした。

一鉄に言われたからではないが、平九郎は指で頬をつるりと撫でた。涙こそ流れていないものの、きっと今の己は泣き顔になっているにちがいない。

六

風はまだ吹き止まず、周囲を濡れた花弁が駆け巡る。まるで少しでも二人が交わるのを遅らせようとしているかのようであった。

「鼻唄長兵衛……いや、黛長兵衛殿」

平九郎は裏の異名ではなく、表の姓名で呼んだ。

「ご存じだったか」

「今日、黒野田で知りました。あなたは犬目宿で拙者だと気付かれたのですな」

「氷川神社の飴屋だと判った時は流石に驚いた。かなり遣うとは判っていたが、まさか裏の者とはね」

長兵衛は苦く口を歪めながら菅笠を取った。まさしく帯解きの日に見たお彩の祖父だ。蘭次郎は、互いが知り合いであったことに狼狽している様子である。

「先日は……」

「墓前に供えさせて貰った。お彩もきっと喜んでいるだろうよ」

長兵衛はそう言うと、相対しているにもかかわらず頭を下げた。

平九郎は掛ける言葉が何も見つからず、破れんばかりに唇を噛みしめる。長兵衛の気持ちが痛いほど解る。反対に蘭次郎たちに対して強い怒りを感じている。心情としては長兵衛に手を貸してやりたいほどである。

「飴屋殿には何の怨みもない。むしろ感謝している……そこの外道を討ちたいだけさ」

長兵衛はひやりとするほど静かに言った。全身から殺気が零れ出ている。道場剣術しか知らぬ蘭次郎でも、その異様な気配は感じ取ったようで、がたがたと肩を震わせる。

「町で馬を走らせるのが危ういことなど、五歳の子どもでも判る。そやつらの餓鬼のような遊びのせいでお彩は……息を引き取る直前までずっと、辻に飛び出た自分が悪いと貴様らを庇《かば》っていたのだ」

長兵衛の言う通り、これではどちらが大人か判らない。少し前にお春《はる》を見て感じたように、人の成長は決して歳の数に比例するものではない。蘭次郎たちは甘やかされて育ち、子どものまま形だけ大きくなったようなものであろう。

長兵衛は蘭次郎を鋭く睨み据え、呪詛《じゅそ》するかのように言葉を紡いだ。

「そやつらはただの一度も自ら謝りに来ることはなかった。お彩が後に死んだことすら知らなかったのだ。目付に咎められたから、家の者に見舞金を届けさせただけ……銭など幾ら貰っても、お彩は帰っては来ない」

「しかし彼らを討っても同じです……」

平九郎はそう言いながら、綺麗ごとだと重々解っていた。不条理に大切な者を奪われたのだ。人はそれほど割り切れるものではない。

「解っている……解っているが、せめてこやつらに己のしたことを後悔させねばならぬ」

とっくに解っていた。この人を止めるには斬るしかない。平九郎は改めて悟って、細く息を吐いた。

「飴屋殿、やろうか」

長兵衛は蘭次郎からこちらに視線を移した。その眼の奥に先ほどまでの憎悪とは異なり、凛然たる覚悟のようなものを感じた。

「はい」

平九郎は未だ吹き抜ける風に添わせるように、すらりと刀を抜き放った。長兵衛も柄に手を落とすが抜きはしない。居合の構えである。

居合は待ちの技。こちらから間合いを詰めることになる。そして初太刀を躱すのが定石。どれほどの居合の達人でも二の太刀は後れを取るものである。初太刀を外させるという意味では、真に待っているのはこちらといえる。

その時である。長兵衛の唇が上下に動き始めた。

「一つ、一人で生きるより。二つ、振り向く笑みを見せ……」

「数え唄……」

長兵衛は錆びた声で唄い始めた。異名の元ともなった鼻唄である。子どもをあやす時などに唄われる。

「三つ、皆で肩を寄せ。四つ、世の中変わろうとも……」

何の意味があるのかは分からない。だが人の躰は存外素直なもので、幾ら鍛えようとも耳朶の注意は奪われる。そうならぬようにと努めれば、目や鼻の働きが疎《おろそ》かになってしまう。

平九郎の扱う井蛙流はいかなる技も真似る「見取り」が最大の特徴である。対峙《たいじ》する相手の全身から細部までを隈なく視《み》る。そちらに影響を与えては意味が無いと、唄を聞かぬように心を研ぎ澄ませて構えた。

——柳生新陰流《やぎゅうしんかげりゅう》、肋一寸《あばらいっすん》。

いかなる斬撃、刺突にも柔軟に対応出来る、己が知る最も優れた待ちの技である。

「柳生新陰流か」

長兵衛がふいに唄を止めて呟いた。構えだけで看破するとは、やはりかなりの実力である。だがそう思ってくれるならば、それはそれで都合が良い。直前でもう一つの躱しに特化した技、楊心流《ようしん》「玄絶《げんぜつ》」に変えて反撃に転じる。そう考えてさらに間合いを詰めた時、長兵衛は乾いた頬を微かに綻ばせた。

「井蛙流だろう？」

「なっ——」

驚きのあまり声が零れ出てしまった。その刹那、長兵衛は地を蹴って、老人とは思えぬ俊敏さで一気に間合いを詰めて来た。だが、未だ刀は抜いていない。居合の常識には当て嵌《は》まらぬ動きである。

「五つ、田舎も町の人も……」

長兵衛は再び口ずさみ始めている。意表を衝かれた上に、さらにどうしても唄にほんの僅かでも注意が引かれてしまう。平常を保とうとしてようやく気が付いた。

――脇差――。

いつの間にか長兵衛の手が、大刀から脇差のほうに移っているのだ。接近戦を得意とする流派の遣い手。短い刀を用いて相手に肉薄する特徴を持つ丹石《たんせき》流などではないか。三郎太、幸四郎を殺《や》った手口とも符合する。

この流派は躰が触れ合うほどの間合いで猛威を振るう。しかしその間合いを詰めるのが難しく、あの手この手で敵を翻弄しなければならない。鼻唄もその僅かな隙を作るためのものであったのだ。だが、それでも己が隙を見せないので、さらに井蛙流の名を出して揺さぶった。己はまんまとそれに嵌ったことになる。

――離れねば。

そう頭を過った時、最も適した技が口を衝いて出た。

「鹿島新當流《かしましんとう》、鵺斬《ぬえぎり》」

大きく飛び退き、宙で斬撃を繰り出す古流の技である。

ここでようやく長兵衛の脇差が解き放たれた。高速で刃がぶつかり火花を散らし、宙が裂けたような金属音が立つ。

初手を無理やり放たせることに成功した。仕留めの技の名を念じようとした時、長
兵衛の数え唄はさらに先に進んでいる。

「六つ、昔の若者だとて……」

唄が止まぬということは、裏を返せばまだ何か揺さぶる必要があるということ。視
界を最大に広げてまた変異に気が付いた。

居合を放つ時、左手は鞘《さや》の鯉口に添えているはず。それなのに何故か大刀を逆手に
摑んでいるのだ。

――二刀遣いか。

「七つ、浪花もお江戸もおしなべて……」

唄を思考から弾き出す。

二刀遣いでもおかしいのだ。長兵衛は脚をなおも止めず、なおも己に肉薄しており、
もはや大刀の間合いではない。

「これは――」

「八つ、やはり踊らんかい」

長兵衛は唄の節を強め、逆手で大刀を迸《ほとばし》らせる。いや、大刀ではない。大刀の鞘に収まった小太刀なのだ。身を回しながら項を狙ってきている。

――楊心流、玄絶。

頭を先に振って、その勢いを躱、脚に殺さずに伝える躱し技。肩を捻ったが間に合わない。長兵衛の小太刀が掠めて肩の付け根を切り裂いた。

「駒川改心《こまがわかいしん》流、龍段返《りゅうだんがえし》！」

咆哮すると同時に、手首を返して刀を旋回させ、二刀を振りぬいてがら空きとなった長兵衛の左脇を斬り上げる。だが、長兵衛の右手が峻烈に戻って叩き落とす。両手を交錯させるような恰好である。

――まずい。

長兵衛の猛攻は止まらずに防ぐだけで精一杯である。この間合いでは明らかに長兵衛のほうが勝っている。左右の小太刀と脇差が時に順手、時に逆手と流れるように持ち替えられ、十六方から縦横無尽に襲ってくる。

「関口流柔術――」

左手で胸倉を摑もうとするが、その手に小太刀が降ってきてすぐに引いた。投げ飛ばして間合いを取ることも出来ない。残された手は一つ。奥の手を放つこと。

長兵衛の躰が躍動した。仕掛けに来たのである。左の小太刀を大きく振りかぶると銑鋧の如く投げ飛ばした。頰を掠めるほどで躱した平九郎に、右の脇差が疾風のように向かってくる。

「九つ、ここらで一休み。あともう少しで終わります……」

長兵衛の鼻唄が聞こえたが、すぐに遠のいていく。二人の間に漂う一片《ひとひら》の桜の花弁さえ視えた。

「一刀流、一閃破《いっせんは》」

大刀斬り上げの大技で小太刀を弾き飛ばした時、すでに左手は腰間《ようかん》に伸びている。

――新田宮流《しんたみや》、音抜《おとぬき》。

神速の抜刀を放った左手に感触が伝わり、辺りに鈍い金属音が響いた。肘から斬り落とされた長兵衛の右手が地に落ち、握ったままになっている脇差が鳴ったのである。

左の小太刀は投げ放ち、右腕は落とされ、もう長兵衛に抗う術《あらがすべ》はない。平九郎がこのまま刀を振り下ろせば幕引きとなる。長兵衛は悟ったように目を細めたが、平九郎は躊躇った。

「駄目だよ。勤めに情を持ち込むといけない」

こちらの心の迷いを全て見透かしている。焼けるような痛みだろう。しかし長兵衛は、それを露ほども感じさせない穏やかな声で言った。

「解っています……」

「まさか『嵩《かさね》』まで放つとは誤算だった」

「何故それを……」

そもそも犬目宿で襲ってきた時もそうであった。平九郎が技の名を口に出した時、何故か反応したのが不思議だったのだ。長兵衛はもともと井蛙流を知っていたことになる。さらにそれだけでなく、先ほど長兵衛を負かした技。二つの流派の技を同時に放つ井蛙流奥義「嵩」まで知っている。

「磯江《いそえ》虎市《とらいち》という男を？」

長兵衛には何度驚かされればよいのか。久しぶりに聞く名である。

「……私の師です」

「やはりな」

「虎市を知っているのですか⁉」

「師を呼び捨てか」

長兵衛は苦笑を浮かべた。

「それはあの男が……」

「むず痒《がゆ》いから師匠などと呼ぶなと言われたというところだろう」

「まさしく」

名を知っている程度ではない。虎市の人柄まで知っている。長兵衛は虎市と面識があるのだ。

「少し語らせて貰ってもよいか」

長兵衛は肩を押さえつつ地に胡坐を掻いた。多くの血を流し、とっくに死を覚悟しているようである。平九郎が頷くと長兵衛は語り始めた。

長兵衛は幼い頃から剣才があり、道場でも誰にも負けぬ腕前であった。それこそ普段はふんぞり返っている旗本の子弟なども悉《ことごと》く打ち倒したという。

しかし黛家は貧しい御家人の家柄である。いくら剣が達者でもそれで身を立てることは出来ない。唯一の道は自ら道場を開くことだが、そのような銭を工面することは到底出来ない。長兵衛は将来に絶望していた。そんな時、長兵衛の強さを聞き及んで声を掛けて来た者がいたという。

「それが裏の道に入ったきっかけさ」

長兵衛は遠くを見つめながら言った。初めての相手が蘭次郎のような放漫な旗本の三男であったという。故にあまり罪の意識を感じず、ずるずると裏の道に入り込んでいった。

目的はあった。いつか貯めた金で道場を開くということである。妻《めと》を娶り、子を授かったが、家族には裏稼業のことを口にしなかったらしい。

あと少しで金が貯まるという矢先、妻が病に倒れた。長兵衛はこれまで貯めて来た金を惜しまず使ったが、妻の病は一向に良くならなかった。

「南蛮渡来の薬など、べらぼうに高く、すぐに金が底をついた。焦った儂はさらに仕事を求め、気が狂《ふ》れたように勤めをこなした……そんな時になんと五百両という大金の仕事があることを知ったのだ」

「それが……」

「ああ、磯江虎市を討つという依頼だ」

虎市は裏稼業の者ではなく、そちらの線の依頼という訳ではない。

商家の娘がならず者に絡まれているのを、虎市が助けたことが発端だった。そのならず者が、実は大道場の主の息子で、大立ち回りの末に腕をへし折ったという。その後、門弟たちが次々に挑むもまったく歯が立たない。時には数十人で仕掛けてきたが、虎市は難なく打ち払った。

道場の名声は地に落ち、憤った道場主が大金を積んで依頼をしたという成り行きらしい。いわゆる逆恨みというやつである。

「あれは強すぎた……剣も心もな」

長兵衛は持てる全てを出し切って挑んだ。何とか互角で食い下がったが、最後には虎市が「嵩」を放って勝負はついた。意識が遠くなり長兵衛は死を覚悟した。しかし暫くして目が覚めた。気絶していただけだったのだ。

眼前には虎市の顔があった。活を入れ、目を覚まさせたのである。何故殺さないと呻《うめ》く長兵衛に対し、

——あんた、かみさんの薬代のために受けたんだろう？

と、虎市は苦笑を浮かべた。道場主が相当な刺客を放ったと聞き、虎市は己のことを調べ上げていたのである。長兵衛が呆然としていると、虎市は懐から財布を取り出し、放って寄越した。少ないけれど薬代の足しにしてくれと言うではないか。その上で虎市は、

——今、かみさんが本当に欲しいもんは薬じゃあねえはずさ。

そう諭すように言った。長兵衛は、その時の虎市の穏やかな顔を今も忘れられない

という。

「それが二十六年前のことだ。二度と剣を握らぬと誓うなら生かしてやると言われ、儂はきっぱり足を洗って、残り少ない時を妻と過ごしたのだ」

「あの男らしい話です」

豪放磊落《ごうほうらいらく》という言葉があれほど似合う男も珍しい。

それから暫く、虎市は長兵衛の宅を訪ねるようになった。その時は妻の看病で必死になっていたため気付かなかったが、長兵衛が足を洗うことを快く思わぬ者から守ってくれていたのではないか。

虎市は長兵衛の妻が亡くなるのを見届けると、別れを告げ、去っていった。以後、再び会うことはなかったという。

「その別れの時に井蛙流のことを聞いたのだ。己の井蛙流は元来と違うともな」

ならばいっそのこと磯江流などと名付ければよいではないかと勧めたが、柄に合わぬと白い歯を見せて笑うのみだったらしい。

――弟子も一切取るつもりはない。いや……一人だけ取ったか。ありゃ弟子か？

知るよしもないことを真顔で訊くものだから、長兵衛は噴き出してしまったらしい。

「肥後《ひご》に一人だけ技を教えた餓鬼がいると言っていた」

己のことで間違いなかった。まだ年若かった己に虎市は井蛙流を教え、またふらりとどこかへ立ち去っていったのだ。

「その者に飴を作って貰い、刀を合わせるなど、人の一生とはまっこと奇妙なものよ……もう二度と刀を握らぬと磯江殿と交わした約束を破った罰だろう」

長兵衛の腕からはとめどなく血が流れ、顔色もみるみる悪くなっていく。もう四半刻（約三〇分）もすれば意識が混濁して、そのまま死ぬことは明らかであった。

「そうだ……儂は天道流《てんどう》だ」

長兵衛は何を思ったか、急に自らの流派を告げた。斎藤伝鬼房《さいとうでんきぼう》を祖とする古流で、二刀には珍しく両手ともに小太刀を遣うと耳にしたことがある。

「順手二刀を陽之位、順手逆手を陰之位と言う。初めの技は『乱入《らんいり》』、お主の斬り上げを防いだのは『波返《なみがえし》』といい、次は『両手留《りょうてどめ》』……」

長兵衛の意図することがようやく解った。井蛙流は見た技を身に取り込む。今日の全てを己に教えてくれようとしているのだ。平九郎は喉の奥で嗚咽《おえつ》を必死に堪えた。

「最後が『獅子飛《ししとび》』だ。解るな？」

長兵衛は儚《はかな》い笑みを浮かべる。

「はい……しかと受け取りました」

「さて、そろそろ頼む」

早く楽にしてやりたいという思いはある。それでもお彩と共に飴を買いに来た幸せそうな顔、師を巡る数奇な縁、そして己の力になろうと技を教える優しさに触れ、斬る心をとっくに失ってしまっている。

「飴屋殿にも掟《おきて》があるだろう？」

無言で項垂れる平九郎に、長兵衛は真剣な眼差しを向けて尋ねた。

「はい……」

「甘く見てやしないか？」

死を目前にした長兵衛の迫力に、平九郎は息を呑んだ。

「この程度のことで惑うな。掟は表と裏を隔てる壁のようなもの……これはもう一人の別の己だと言い聞かせられるからこそ、元の己を保つことが出来る」

唇を結んで聞き入る平九郎に、長兵衛は嚙んで含めるかのように続ける。

「初めはこのくらい良かろうと少しの掟破りをするものさ。だが、それは確実に壁を崩していき、いつか表裏の区別が付かなくなる……思い当たる節があるならば止めておけ。今ならばまだ間に合う」

長兵衛はまるで約束を破り、再び剣を手にした己のようになるなと語っているようにも思えた。確かに一度は妻のため、二度目は孫のため、表に裏を持ち込んだ時に長兵衛は敗れている。

いずれは己も妻子のために戦うだろう。その時は命が果てても構わない。だが、それまでは情けで剣を鈍らせてはならない。長兵衛の教えで改めて心に誓った。

「解りました」

平九郎が刀を上段に構えると、長兵衛は鷹揚《おうよう》に頷いた。

「もう一回、最後まで唄わせてくれんか」

天道流は近い間合いでは無類の強さを誇るが、その間合いを詰めるのに苦労する。裏稼業を初めてからあの手この手で敵の注意を逸らそうとし、生まれたものであった。剣を手放してもこの癖だけは抜けず、ずっと鼻唄を口ずさんでしまっていたらしい。

「お彩は鼻唄を、花の唄と間違えて覚えてな。春以外に唄っちゃ駄目……と、叱られた」

懐かしそうに天を見上げる長兵衛に向け、平九郎は唇を震わせて絞るように言った。

「もう春です」

「一つ、一人で生きるより。二つ、振り向く笑みを見せ……」

長兵衛は初めから唄を数えていく。平九郎は懸命に息を整えて耳を傾けた。己の掟を、流儀を戒め、常と変わらぬ勤めだと己に言い聞かせながら。やがて鼻唄も終わりに差し掛かる。

「九つ、ここらで一休み。あともう少しで終わります……十でとうとうこの祭り、最後になります踊りましょう……」

「あの世に……晦め」

優しさに満ち溢れた唄の余韻が残る中、平九郎は唇を震わせて声を絞り出した。

峠の風は鳴き続けている。薄紅色の花吹雪は辺りを鮮やかに彩り、高く、高く、空に舞い上がっていった。

# 第五章　迅十郎の掟

## 一

　昨日までは息を呑むような晴れの日が続いていた。しかし今日は朝の内から鉛色の雲が広がり、ぽつぽつと小雨が降り続けている。

　万木《ゆるぎ》迅十郎《じんじゅうろう》は菅笠《すげがさ》にそっと手を触れて、曇天を仰ぎ見た。雨粒が小さくなってきている。昼頃には降り止むのではなかろうか。

　季節ごとに雨の香りは異なる。春雨は鼻孔の奥をくすぐるかのような甘さを含んでいる。江戸のような町よりも、木々の多い田舎《いなか》に行くほどにそれは顕著であった。

　迅十郎は笹子峠《ささごとうげ》へと差し掛かった。依頼を受けていた小山蘭次郎《こやまらんじろう》を炙《あぶ》るためである。くらまし屋、堤平九郎《つつみへいくろう》はどうやら己が蘭次郎の仲間を討ったと思っているらしい。だが実際は違う。己の標的は蘭次郎ただ一人である。

「小山蘭次郎に報いを受けさせて下さい」

そう依頼があったのは、半月と少し前のことであった。

依頼人の名はお真《しん》と謂《い》う。岩倉町《いわくらちょう》に店を構える小間物屋の娘で器量は頗《すこぶ》る良い。父が一人、兄が一人、母は早くに亡くしていない。三人でやっている小間物屋だが、決して繁盛している訳でもない。だからといって食うに困るということもなく、人並の暮らしを送っている。

そんな女が五十両、耳を揃えて用意したのだから、大抵のことは何も言わぬ己だが、

「女の怨《うら》みは恐ろしいな」

と、思わず苦笑してしまった。父や兄には一言もなく、店を担保に高利貸しから金を借りられるだけ借りたという。破滅は目に見えているのだが、お真にとってはそれさえも些細なことに思えるのだろう。恋は激しければ激しいほど、それが破れた時は闇だけが残るようだ。

お真は蘭次郎と恋仲であった。蘭次郎から言い寄ったとのこと。高禄の旗本の子弟など、どこかの家に婿入りするのが当然だと考えれば解りそうなものだが、

――お前のためなら、俺は士分を捨ててもいい。一緒になろう。

という蘭次郎の寝物語を真に受けたのだ。

だが、結果は見えている。蘭次郎は婿入りの話が決まり、お真は捨てられた。齢は

二十二となっており、すでに年増である。

これだけならばまだ我慢出来たという。だが、蘭次郎はお真との痴態を、所かまわず面白おかしく言い触らしたのだ。このような話は当人たちの耳に入るのが最も後になる。父や兄、お真が知った時には町中に知れ渡っており、微かな縁談の望みも完全に断ち切られたと語った。

「私は生涯独り身です……あの人だけが幸せになるのは赦せない」

お真は、哀願と憎悪の入り混じった目を向けて声を震わせた。

「いずれ時が解決するだろう。今ならばまだ引き返せる」

言ってしまってから、

──俺は何をほざいている。

と、後悔の念が湧《わ》いて来る。恐らく年の頃が似ていたからであろう。思わず余計なことを言ってしまった。

蘭次郎への執着から憎悪を燃やしているが、そのようなものをいつまでも抱えきれるものではない。日にち薬が効いて、いつか忘れられる日も来よう。それに確かに噂は足を引っ張るかもしれぬが、それさえも受け入れてくれる出来た者が現れぬとも限らない。

「いいのです。覚悟を決めています」

「よかろう」

父も兄も恐らく忘れろと説得したことだろう。赤の他人の、しかも悪人の言うことに、どれほどの意味があろうというのか。迅十郎は切り餅二つ、五十両を懐に捻《ね》じ込んだ。

こうして迅十郎は依頼を受けた。蘭次郎の仲間である林右衛門《りんえもん》からの依頼、くらまし屋も一枚嚙《か》んでいるなど、この件はどうも複雑に入り組んでいるらしい。

——あいつは厄介だ。

好機があれば早めに始末しようと仕掛けた。しかし流石《さすが》に己の気配に感づき、反対に誘い込まれるような恰好で愛宕山《あたごやま》で激突した。

かなり手強い。こちらの刀が間に合わせの物だと見抜くや、すぐにそれを壊すことに意識を切り替えてきた。根元から刀を叩き折られたのである。

昨年、奴に鉈を飛ばされた刀は、無銘であったがよく手に馴染んだ。同じような感覚のものを遣いたいと思うが、そのような刀にはなかなか巡り合えるものではない。

値は問わない。その程度の金ならば持ち合わせている。だが世間では名刀と呼ばれるものでも、必ずしも己に合うとは限らない。すぐに勤めに戻らねばならぬため、当面はまだましと思う刀を仕方なく差している。

ともかく平九郎とは実力が伯仲しており、些細な隙でも作らねばならない。そこで敢えて黒野田《くろのた》宿で己の姿を見せることにした。笹子峠で仕掛けて来ると思い、常に背後に気を配るだろう。

――行くか。

迅十郎は峠道を敢えて外れ、山中を進んだ。ぬかるんだ道を素人の蘭次郎を連れ、しかも背後に気を配れば、必ず歩みは遅くなる。大きく迂回《うかい》して峠の下りで待ち構え、意表を衝くつもりであった。最悪、平九郎は討てずとも、蘭次郎だけを仕留めて離脱すればよい。

迅十郎は木々を縫うようにして山中を走った。泥濘を足で巻き上げ、木を掌《てのひら》で弾くようにして先を急ぐ。

「面倒なことだ」

凡《およ》そ峠の半ばまで来たところで、迅十郎は舌を弾いて小声で吐き捨てた。先刻よりずっと後を尾《つ》けて来る者がいる。人違いということも考えた。それならばわざわざ事を構える必要も無い。むやみに刀を振るっている時は無い。

鳥が木々から飛び立った時、それを目で追うように振り返って見た。顔を見せて間違いならば、退かせようとしたのである。

そこから暫《しばら》く進んだが、未だ尾行は続いている。もう己が目的と見て間違いはなかろう。

——どこのどいつだ。

裏の道に入って間もなく四年。これまで幾つもの依頼を受けて来た。その過程で怨みは数え切れぬほど買っており、想像しても詮無いこと。

このまま引っ張っていってもよいが、くらまし屋の味方であったならば厄介である。

菅笠から鳴っていた小気味よい音が消えた。雨が止んだのだ。それと同時に迅十郎は短く呟《つぶや》いた。

「やるか」

言うや否や、上ではなく跳ねるように尾根沿いに横に駆け出した。鬱蒼と生い茂る木々を分けてさらに走る。己の剣は狭いところよりも広いところで振るう方が向いている。少しでも木々の少ないところを求めた。

獣が通るほどの細い道を見つけ、さらに進むと炭焼き小屋があった。腰ほどの高さに伸びた草は露をたたえており、迅十郎が通ると弾かれて宙を舞った。

炭焼き小屋の周囲はやや開けている。迅十郎は脚を止めてゆっくりと振り返った。

「何用だ」

今しがた通って来た小道を、草を分けながら歩んで来る男が一人。蒲葡《えびぞめ》の袷《あわせ》、褐返《かちかえし》の仙台平《せんだいひら》の袴。髷《まげ》は当世流行《はや》りの疫病本多《やくびょうほんだ》。油をあまり用いない髷であるのに、余程上手く仕立てているのだろう。雨が降っていたのに崩れは見えない。身形《みなり》に拘《こだわ》る性質なのだろう。洒脱な雰囲気が漂っている。年の頃は二十七、八といったところ。丸い眼に睫毛《まつげ》が長く、どこか南蛮人を思わせる相貌である。

「貴様か……」

迅十郎はこの男と一度面識があった。半年ほど前、依頼の手順を踏んで面会すると、

――単刀直入に言いますぜ。虚《うつろ》に入る気はねえか？

と、藪《やぶ》から棒に訊《き》いてきたのだ。

この一、二年そのような名の集団が跋扈《ばっこ》していることは噂では聞いていた。どうやら人攫い、抜け荷に関わっているらしく、幕府も本格的に追い始めているが、中には相当な手練れもいるようで一筋縄では行かないとのことである。この男は当初からの面子ではなく、最近になって虚に加入したとのこと。まず真っ先に己を虚に誘えと言い渡されて来たと語った。

当然ながら迅十郎は即座に断った。炙り屋をしているよりも稼げると、なおも説得

されたが意志は揺らがない。群れるのも好みではないが、そもそも己がこの稼業をしているのには目的がある。それ以外は全て余事で興味は無かった。

「油屋平内《あぶらやへいない》」

通称、人斬り平内。元は旗本の子弟だが、辻斬りが露見して出奔。裏の道に入って「振《ふるい》」として暗躍していた男が虚に入っているとは、その時は些《いささ》か驚いた。虚の目的は判らないが、強者を集めていることは確かである。

「お久しぶりです。気付かれていましたかい」

笠をかぶっていないことで、雨が顔を濡らしており、平内は額を拭いながら快活に笑った。

「その派手な身形で、気付かれぬと思うほうがどうかしている」

平内は最後の草を分けて、広場に足を踏み入れると手を左右に振った。

「別に尾行するつもりはなかったのですがね。声を掛ける機を逸しただけです」

「殺気を飛ばしておいてよく言う」

この半里、何度か剣気を感じていた。己を斬れるかどうか試行錯誤しているという様子であった。

「それも判るか」

平内は己の額をぴしゃりと叩《たた》いた。

「何度来ても同じことだ。人斬りめ」

迅十郎は半身を引いて睨みを利《き》かした。

「またまた……今を時めく炙り屋ともあろう御方が。随分と斬っているでしょうよ」

「勤めをこなしているだけだ」

「俺だって意味もなく人を斬っている訳じゃあない。刀の切れ味を試すという立派な訳がある」

そもそも人斬りを始めたきっかけは、一振りの刀にあったと平内は語った。油屋家は今でこそ中堅の旗本だが、昔は石見《いわみ》の土豪であった。しかも戦国の頃は今の石見藩主である亀井《かめい》家と肩を並べるほどであったという。亀井家に敗れて一族は国を捨てて徳川《とくがわ》家を頼り、幕府が開かれた後、旗本に組み込まれた。

そのような古い家だから先祖伝来の家宝もある。ある日、父に蔵で見せて貰った刀に魅入られたという。

「息を呑みましたよ。この世にこれほど美しいものがあるのかと。同時にどれほどの切れ味なのかと気になりましてね……じゃあ、試そうと」

平内は腰の刀を軽く叩きつつ笑みを湛《たた》えた。刀の切れ味を試すため、野良犬を斬るという話はよく聞く。そのうち犬で満足出来ぬようになり牛馬へ。やがて人へと至る者もいた。だが、いきなり人で試すなど、この男、どこか壊れていると言わざるを得ない。

「おや、炙り屋ともあろう御方が随分と貧相な差料で」

平内は目の下の水滴を拭って首を突き出した。迅十郎が黙していると、平内は得意気な顔で続けた。

「鞘《さや》に納まっていて判るのかというお顔ですね。刀にはそれぞれ風格というものがありましてね。名刀は鞘で眠っていても特有の凄みがあるものなんですぜ」

「よく喋《しゃべ》る男だ」

「刀のこととなれば饒舌《じょうぜつ》になりましてね。駄目ですぜ。腕に見合った刀を差さなければ」

「お前の刀趣味に付き合う気はない。用が無いならば行く」

迅十郎は話を打ち切って、横に歩を進めた。わざわざ危険を冒してこの男を打ち倒す必要は無い。再び森の中を進んで回り込もうとした。

「待って下さいよ。今回は別件ですぜ」

「ほう」

迅十郎は鴟《みみずく》の如く声を上げて向き直った。

「あんたが断った林右衛門の依頼。四三屋《よみ》を通じて虚に来ましてね。俺が差し向けられたという訳です。まさかあんたが下手人だったとは。そりゃあ依頼を受けられないはずだ」

「勘違いしているようだ。俺は下手人ではない」

「嘘はいけねえよ。あんたが小山を追っているのを聞いている」

「俺の狙いはその一人だけよ」

「信じられるかよ」

平内が勘違いするのも無理はなかろう。林右衛門らを狙っている下手人も聞くに相当な腕前。そのような者が同時に二人も現れるのは極めて稀《まれ》と言わざるを得ない。林右衛門らが方々で怨みを買ってきた証左でもあろう。

「信じずともよい」

「今一度言いますぜ。虚に入りな。そうすれば上は今回のことは見逃すとよ」

待てぬ性質なのだろう。迅十郎が黙っていると、平内はさらに続けた。

「俺がいれば十分だと言ったのですがね。何せもう一人の新入りが呆気なくやられたもんで、少しでも腕の立つ者を集めたいらしい」

「嗤《わら》わせるな」

迅十郎は冷ややかに言って鼻を鳴らした。

「何がおかしい……」

「依頼を受けておいて見逃すとは、何とも都合のよいことだ。貴様も虚もたかが知れている」

「てめえ、死にてえらしいな」

「やってみろ」

こちらが当てた殺気を感じたのだろう。平内が足をにじるように動かした。

「俺の名を知って勝つつもりとはな」

「故によ」

「は？」

嬲《なぶ》るような声を上げた平内に、迅十郎は不敵に笑った。

「裏稼業で名を知られることは恥と知れ。弱い犬ほどよく吼《ほ》える」

「てめえ……」

「俺の名を知って生きている者はいない」

言ったそばから心中で舌打ちをした。たった一人の例外が再び頭を過《よぎ》ったのだ。

「じゃあ、聞かせてくれよ。炙り屋さんよお」

平内は躰に怒気を漲《みなぎ》らせ、言葉遣いも荒くなってきている。

「万木迅十郎」

「おお、怖い。俺は死んじまうのかな？」

平内は戯《おど》けるように言って腰の刀を抜き払った。それに合わせ、迅十郎も流れるように刀を抜いた。

「小栗流《おぐりりゅう》だったか」

油屋平内は小栗流の達人。これも以前、耳にしたことを覚えていた。口に出して相手に反応があれば儲《もう》けもの。その程度のつもりで言ったに過ぎない。

「あんたは町の物知り爺かよ」

平内は喉を擦《こす》るような独特の笑い声を立て、刀を動かして構えを取る。上体を反り返らせたような上段。攻撃的な性質が構えにも表れている。

――小栗流で間違いなさそうだ。

徳川家康《いえやす》の家臣、小栗又市《またいち》の次男、仁右衛門政信《じんえもんまさのぶ》と謂う男がいた。仁右衛門は高名な剣士、柳生新陰流《やぎゅうしんかげりゅう》の柳生宗厳《むねよし》から極意を得て、やがて一流を起こした。これが小栗流である。

この小栗流は些か成り立ちが変わっている。合戦での組討ちに対応出来るように作られた流派であるため、元は剣よりも柔術が主。小栗流ではそちらが「表」と呼称され、剣のほうは「裏」と言われている。

やがて泰平の時代になると、徐々に表裏の境が無くなっていった。つまりは柔術と剣術の混合術のようなものになっている。

「あんたは何だい？」

平内は低く問うた。その目は爛々《らんらん》と輝いている。人斬りらしく、戦いそのものに愉悦を感じる性質らしい。

「二階堂《にかいどう》」

「そりゃあ、珍しい！　一文字ってのを見せてくれよ」

「ほう、詳しいな」

二階堂平法には一文字、八文字、十文字と呼ばれる奥義がある。他流の者はこれを技の名と思っているが、全てが心の一法の段階である。この数が増えるにつれて反応が各段に速まる。しかしその分、自我が飛んでいくのだ。十文字を駆使した時などは、相手が息の根を止《と》めるまで戦いを止《や》めることは出来ない。気が付いた時には骸《むくろ》が眼前に転がっているということになる。

「それが自慢の刀か？」

迅十郎は顎をしゃくって訊いた。

「ああ、二王清実《におうきよざね》って知ってるかい？」

「刀を愛でる趣味はないからな」

数百年の時を経ている古刀である。それ以上のことは知らない。

「あんたも存外お喋りだねえ」

――ようやくか。

酔狂で会話を繰り返している訳ではない。心を練り上げる。その作業に没頭していた。二階堂平法の弱点の一つとして、心に相当の負担を掛けるため、多用出来ないということが挙げられる。これを怠って乱用すれば、自我が崩壊し、二度とこちらへ戻って来られないことがあるのだ。

この後、くらまし屋と戦わねばならない。普段ならば一文字程度、一瞬で入り込めるが、少しでも負担を掛けぬようにゆっくりと練り上げた。

「いくら名刀でも宝の持ち腐れよ」

迅十郎は鼻から息を漏らすと、平内は頰を引き攣《つ》らせた。

「何が可笑《おか》しい。お前を斬れないとでも……」

「よく解っているようで安堵した」

迅十郎は構えない。心を構えれば全ての形に通ずる。二階堂平法に構えなど存在しないのだ。この手合には刀を侮辱したほうが効果的だったようで、平内は激昂して叫んだ。

「死ねよ!」

「一文字……」

平内は一気に間合いを詰め、雷撃の如く振り下ろす。菅笠の端が裂けた。鋩が鼻先を掠める。僅かに身を引いて避けたのである。同時に心が斬り上げろと躰に命じる。だがその刹那、にやりとした平内の卑しい笑みが見えた。何と諸手で斬り下げたはずなのに、刀は左手一本で握っている。躱《かわ》された瞬間に右手がにゅっと伸び、迅十郎の懐に差し込まれている。

「うらあ!」

平内は右腕の裏を摑むと身を旋回させた。躰が宙を舞う。投げられたのである。受け身を取った時、激しい殺気が心を震わせる。迅十郎は転がるように躰を地から弾かせ、即座に立ち上がって正眼の構えを取る。

地がぬかるんでいるせいで、僅かに反応が遅く、泥まみれになった着物が切り裂かれている。平内は感嘆の声をもらして腕で顔を拭った。

「小栗流の『焔車《ほむらぐるま》』って必殺の技だぜ？　躱されたのは初めてだ……上があんたを欲しがる訳だ」

「焔車……あいつが欲しがりそうな技だ」

迅十郎は口に入った泥を吐き捨てた。

くらまし屋と対峙して気付いたことがある。奴の技は斬撃、刺突に特化したものが最も多く、懐に入って繰り出す柔術や小太刀の技が不足している。あることにはあるが、何度も同じ技を繰り出してくることからみても間違いない。

訳は簡単に推察出来る。どんな技も一目見れば真似られるというのは脅威であるが、裏を返せば見なければ真似られないのだ。斬撃、刺突は繰り出した時点で技として完成しているが、柔術は投げ終わった後、あるいは極《き》め終わった後に技として完成する。つまり自身が一度は受けないと、模倣出来ないのであろう。

一方の小太刀は懐に入られた時の猛威は凄まじい。達人を相手にして敢えて飛び込ませて技を視《み》る余裕はなかなか無いだろう。反対にその余裕がある相手では碌《ろく》な技を盗れぬ。この二つがくらまし屋の弱点になるはずである。

「誰が欲しがるって？」

「こちらのことだ。悪いが、もうお喋りは終わりだ」

「つれないぞ。楽しもうじゃあねえか。殺し合いをよ」

平内の笑みが朧気《おぼろげ》に見え始めた。森のさざめきが遠のく。雨の雫まで見えていた葉が視界から消えてゆく。一文字は五感を鋭敏にする。次の段階は相手の人の気配、殺気だけを捉える。そのため聴覚、嗅覚、触覚、味覚の四つは消え失せ、唯一残る視覚も曖昧《あいまい》になる。相手の影だけが見えている状態である。聴こえぬのだから会話も成り立たない。

「八文字」

迅十郎が最後に見たのは、耳朶に手を当て、嬲るような表情を浮かべた平内の顔であった。

どれほどの時が経ったのだろう。恐らく煙草を一、二服するほどの時ではなかろうか。肌に風の感覚が蘇《よみがえ》って来て、噎《む》せ返るような土の香りも鼻が捉えた。躰を確かめるが、先ほど着物を切り裂かれたところだけ。傷はどこにも見当たらない。

「一撃くらいは当てろよ」

迅十郎は呆れ交じりに零した。

油屋平内は足元で大の字に寝そべっている。かっと目を見開き、柘榴《ざくろ》を割ったように口も開いたまま。風に揺られて葉から滴る雫が三つの穴に注ぎ込まれていた。己の刀は、平内の喉を貫通し地に突き立てられている。この一撃で絶命したのだろう。

迅十郎は刀を引き抜いてまじまじと見た。刃毀《こぼ》れが二箇所。反り返ったようで鞘に上手く納まらない。

「自慢するだけはあるな」

平内の横に転がった刀、確か二王清実といったか。拾い上げて目でなぞった。己のなまくらと異なり、反り返りは疎か、刃毀れ一つ見当たらない。広直刃《ひろすぐは》に小互の目《こぐめ》が交じる刃文が美しい。

「来るか」

迅十郎の問いに、刀が頷いたような気がした。平内の腰から鞘を抜き取って、清実をゆっくりと納めた。趣味の悪いこの朱鞘はどうも頂けない。雨に濡れたこともあり手入れが必要だろう。その時に鞘も作り直させよう。そのようなことを考えながら、迅十郎は割れた菅笠を目深に被るように下げた。

——今日はもうやれんな。

八文字まで出してしまったのだ。あと一度、一文字に入るのが限界である。時と場合によっては十文字で戦うことも覚悟していたのに、これでは到底あの男には勝てない。

「待てよ……」

迅十郎は顎に手を添えて考え込んだ。何故、平内は己が蘭次郎を狙っていることを知っているのか。林右衛門や蘭次郎の身辺を探り、己を見つけたという訳ではあるまい。何故ならば平内は、

――嘘はいけねぇよ。あんたが小山を追っているのを聞いている。

と、確かにそう言っていた。

林右衛門はそうではないと知っているのだから、四三屋も、虚も知る訳が無い。勘違いとはいえ唯一知っているのは、くらまし屋のみである。いや、その勘違いもどこかから解け、己の狙いが蘭次郎のみということも知っているだろう。だから急いで逃げたのだ。恐らくあの男は林右衛門を締め上げたのだ。

そして敢えて己が下手人と知らせた。そうすれば林右衛門はそのことを四三屋に話すはず。それが下手人を探っていた平内に伝わったのだ。

「なるほどな。先にそちらをやるか」

先に江戸に戻り、依頼したことを他言した林右衛門を始末する。その頃には再び心

の一法を練れるようになっているはずである。ようやく陽も差し込んできた笹子峠の山中を、草を掻き分けて歩み始めた。

二

蘭次郎を村に預けてから一月《ひとつき》が経ち、平九郎は常の暮らしに戻っていた。飴《あめ》細工を売り歩き、依頼が無いか見て回り、たまに波積《はづみ》屋で一杯やるという暮らしである。気鬱になっているということはない。むしろ以前よりも心は落ち着いている。笹子峠では遂に迅十郎は仕掛けてこなかった。不測の事態があったのではないかと考えられる。だが、あの男が容易く諦めるとは思えない。

「炙り屋が来る」

村を守る佐分頼禅《さぶりらいぜん》にはそう伝えた。頼禅も炙り屋の悪名は知っている。

「面倒な奴を引っ張ってきやがって」

豪快に頭を掻いて面倒臭そうに言ったものの最後には、

「まあ、任せとけ。腕の一本でもくれてやればやれるだろ」

と、平然と言い放った。昨日村から文《ふみ》が来たが、まだ迅十郎は姿を見せていないらしい。十日前に林右衛門が死んだとの話を聞いた。迅十郎は依頼漏洩に気づき、先にそちらを始末したらしい。恐らく今頃、甲州へ引き返しているのではないか。

文には別の由々しきことが記されていた。平九郎は文を蠟燭《ろうそく》に翳《かざ》して燃やすと、すぐに長屋を後にした。きっと己の顔は酷く冷たいものになっているだろう。

再び甲州街道を行く。赤也《あかや》も七瀬《ななせ》もいない。ただ一人である。初夏となったからか、一月前よりも行き交う人々の表情はさらに明るいものに見えた。決して漏らさぬように宿場を念入りに見廻り、聞き込みながら進む。

小原《おばら》宿と与瀬《よせ》宿の間でその時は来た。

時刻は子の刻（午前零時）を回り、鹿や梟《ふくろう》を見かけるものの人の姿は全く無い。月明かりが田園風景を仄かに照らしている。

提灯《ちょうちん》の灯りが見え、それがゆっくり迫って来る。この時刻に旅をするなどお尋ね者か、余程の事情が無い限り有り得ない。己は提灯も持たずに道の脇に寄って、揺れる灯が近づいて来るのを待った。人影から背格好が判り、やがて月に照らされて相貌も明らかとなった。間違いない。蘭次郎である。

村から届いた文に記されていた重大なこと。

――蘭次郎が消えた。

と、いうことである。村の者たちは消えた時にはこうして報せてくれるが、日頃から監視している訳ではない。それは頼禅も同じで、村への侵入者を排除することだけを担っている。追跡することも無い。そこからは己が始末をつけることである。

「何処へ行く」

平九郎が低く声を発した瞬間、蘭次郎は跳ねるように身を浮かせたあと、来た道に向かって一目散に逃げだした。跫音を殺しながら小走りで追いかける。蘭次郎は早くも息を切らし、時に脚をもつれさせながらも懸命に逃げ続けた。

その時である。向こうからもう一つ、影が向かってくるのが見えた。無関係な旅人か。あるいは蘭次郎が新たに護衛を雇ったのかとも思ったがどうも違う。

影が刀をゆっくりと抜き放ったのだ。月明かりを受けて妖《あや》しく煌めいている。

蘭次郎は急に踏ん張って止まったものだから、その勢いで尻餅《しりもち》をついた。

「お前は……」

蘭次郎の声が裏返る。刀を抜いた仕草で平九郎は気付いていた。迅十郎である。

「炙り屋よ」

鉄鍋を釘で引っ掻いたような奇声を上げ、蘭次郎は手足をばたつかせて後ずさりした。しかしすぐに追われていることを思い出したのだろう。真っ青な顔を激しく振って前後を交互に見た。

「また会ったな」

迅十郎が蘭次郎の頭越しに話しかけてきた。

「此処《ここ》にいるということは……」

「足跡を追おうと笹子峠に向かっていたが、与瀬宿を出るそいつを見つけて尾けてきた」

すぐに殺そうとしなかったのは、蘭次郎を囮《おとり》にして己が仕掛けて来ることを警戒したのだろう。

「間の悪い男だ」

蘭次郎は自らを抱きかかえるようにして震えている。平九郎はそれを一瞥《いちべつ》して吐き捨てた。今、己を追っている二人に同時に出会ってしまったのだ。蘭次郎からすれば前門の虎後門の狼といったところだろう。

「囮という訳でもないらしいな」

迅十郎も状況を呑み込んだらしい。

「ああ」

「邪魔をしないならば楽で助かる」

迅十郎が歩きながら不敵に笑うのが、薄闇の中でも判った。

「炙り屋……迅十郎、手を出すな」

平九郎は地を這《は》うように低く言った。殺気が漲っていることを鋭敏に感じ取ったのか、迅十郎はぴたりと脚を止めた。

「この男はくらまし屋の掟を破った。俺が始末を付ける」

「出来るのかよ」

迅十郎は小さく鼻で嗤った。前の勤めの時は自ら掟を破り、金を受け取らず、面通しも果たすことなくお春を助けた。その経緯を知っているのかもしれない。

「造作もない」

真に生きるべき者を斬ったのだ。もう迷うことは無い。

「そうか」

勤めに忠実な迅十郎である。もう少し押し問答が続くかと思った。場合によってはまた斬り結ぶことも覚悟していた。だが、意外なほどあっさりと引き下がる。

「暫し待て」

決着をつけたいならば、蘭次郎を斬った後にしろという意である。

「勤め以外で貴様とやって何の得がある。俺も始末で忙しいのだ」

まだ蘭次郎の他にも標的がいるということか。どうやら勤めは半ばらしい。迅十郎は口辺に泡を浮かべる蘭次郎には見向きもせず、己へと近づいて来る。

いつ迅十郎が抜いてもいいように気を張っていたが、そのようなこともなく脇を行き過ぎていった。

「また手強くなったようだが……次にかち合った時こそ殺してやろう」

迅十郎は振り返ることもなく言った。

「やってみろ」

平九郎が言い返すと、迅十郎は大袈裟《おおげさ》に鼻を鳴らし、江戸の方角に向けて去っていった。

「お願いします……助けて下さい……」

迅十郎が消えたことで、己さえ許してくれれば助かると思ったのだろう。蘭次郎は額を地に擦り付けて哀願した。

「掟を破れば死ぬことになると言ったはずだ」

「うう……」

何を言っても甲斐《かい》なしと悟ったのだろう。蘭次郎はよろめきながら立ち上がった。

お前たちが殺めたお彩《あや》も生きたかったはずだ。そんな罵声の一つも浴びせたかったが止めた。

己は掟に従って始末を付ける。

ただそれだけでいい。

蘭次郎は覚悟を決めたようで、歯を食い縛って勢いよく刀を抜いた。万分の一に賭けて挑むつもりなのだ。満たされた暮らしを送って来た者ほど、生への執着は強いと見える。

「化物……化物め」

涙と洟《はなみず》で濡れた顔を歪《ゆが》める。その顔は初めて叱られた幼子のようにも見えた。平九郎は何も言い返さず、ただ細く息を吐いた。

「お前なんかより……俺が生きるべきなんだ！」

蘭次郎は泣くような声で吼えるなり斬り掛かって来た。

「天道《てんどう》流、乱入《らんいり》……」

月下の街道に二つの影が重なり、三つの光芒が奔《はし》った。やがて一つの影が沈むと、残った影は暫し天を見上げていたが、やがて柔らかな春風に乗るようにゆっくりと歩み出した。

もうずっと魂が抜けたように項垂れている。その頭上を取り乱した悲鳴のような父の声、怒りに震えて罵《ののし》る兄の声が飛び交う。すでに四半刻ほど経っているのではないか。

三

それでも口を噤《つぐ》んでいる私の眼は、きっと生気のない虚ろなものなのだろう。不思議と涙は零れなかった。ただ畳の目に視線を落としながら、

——何故、このようなことをしてしまったのだろう。

と、何度も自らに問いかけた。

店を担保に、五十両もの金を高利貸しから借りた。いよいよ初めの取り立てがやって来たのだ。

寝耳に水とはこのこと。父と兄は仰天して何かの間違いだろうと訴えたが、すぐにそれが真実であること、そして私の仕業であることを知って愕然とした。

ともかく高利貸しには言い訳は通じない。仕入れに使う予定だった店の金を渡し、何とか引き取って貰った。高利貸しが去ってすぐ、今こうして二人の追及を受けているのである。

「お真、何故こんなことをしたんだ……金はもう持っていないのか」

このままでは店を手放すことになる。その現実が受け入れられないようで、父は一縷《いちる》の望みを捨てきれずに繰り返し尋ねた。

「何に使った！　はっきり言え！」

一方の兄はそれよりも現実を見ていた。すでに私が使い込んだと思っている。そしてそれは間違いではなかった。かつて心より焦がれた人、私を塵《ごみ》の如く捨てた蘭次郎への怨みを晴らすため、炙り屋なる裏稼業の者に支払ってしまっている。

炙り屋のことを教えてくれたのは、檀家《だんか》になっている寺の住職である。金さえ積めばいかなる者でも炙り出して始末する。そんな者がいるという。その者に依頼をする術《すべ》は幾つもあるらしいが、その一つが、とある寺の廻り縁の裏に文を貼り付けるというもの。その噂が真ならば殺しの依頼の受け渡しに寺を遣うなど、何とも嘆かわしいことだと憤慨《ふんがい》していた。

蘭次郎に裏切られて十日ほど経った時、ふとそのことを思い出して半信半疑で文を書いたのだ。炙り屋は確かにいた。得意先に品物を届けにいった帰り、往来の真ん中で、

「お真だな。話を聞かせてもらう。そこの茶屋に入れ」

そう声を掛けられたのである。

このような裏の仕事を行う者だから男であろうとは思っていた。いかにも、という醜悪な面をしているに違いないと勝手に想像していたが、醜いどころか整った顔立ちなので驚いた。精悍《せいかん》さの中にどこか儚さを感じさせる苦み走ったよい男であった。その時は依頼の内容を告げ、五十両が必要だということだけを聞いて終わった。次は十日後に訪ねてくると言い残し、炙り屋はその場を去っていった。

十日以内に五十両などという大金を用意するのは容易くない。吉原《よしわら》に身売りをしたとて、若くて余程の器量よしでもその程度だと聞く。器量は皆から褒めてもらえるが、すでに年増の域に入った私では二十両が関の山であろう。ここで諦めればよかったのだが、心で渦巻く憎悪が自らを駆り立てた。

用意した五十両を差し出すと、

「女の怨みは恐ろしいな」

炙り屋は苦く頰を歪めた。あの人と離れてからというもの憎悪はどんどん強くなっていく。愛しさと憎さは表裏の関係にあるのかもしれない。

「私は生涯独り身です……あの人だけが幸せになるのは赦せない」

躰の震えを懸命に抑え、戸惑いを振り切って絞るように言った。

「いずれ時が解決するだろう。今ならばまだ引き返せる」

炙り屋から返ってきた言葉は意外なものであった。噂が真だとするならば大金で殺しを請け負う守銭奴のはず。ここで己を思いとどまらせては一銭も得られないのだ。私はじっと炙り屋の眼を見つめた。幾人も殺してきたはずなのに、不思議とあの人のような淀みはなかった。まさか真に優しさで言ってくれているのか。

——いずれが待てないの。

心の内で呟いた。それは明日かもしれないし、十年後かもしれない。忘れられないでいる時に、あの人の幸せな姿を見れば自分は壊れてしまう。ただ今、少しでも救われたいという想いで再度依頼をした。今度は止めることなく、炙り屋は五十両を受け取った。そのときに何故か心がふっと軽くなったのを覚えている。

暫くして私はあることに気付いた。依頼をした翌日からみるみる憎悪が引いていくのである。炙り屋が言った「いずれ」が唐突に来たとは思えない。依頼をしたことで心が軽くなっているのだろう。今ならば依頼しなかったと思うが、そんな自分になれたのは依頼したから。何とも矛盾した話である。

同時に父や兄に金を借りたことが露見するのが恐ろしくなり、今日か明日かと怯える日々が続いた。そして今、遂に報いを受ける時がやってきたのだ。

「お真、何とか言ってくれ」

父は涙目になってなおも懇願する。

「いい加減にしろ！」

兄に襟元を摑まれたが抵抗しない。まるで魂の無い人形のように頭を垂れる。

「このままじゃ店は終わりだ！　皆で飢え死ぬぞ！」

「……申し訳ございません」

蚊の鳴くような声で詫びるのが精一杯であった。その時である。今日は店を閉めたはずなのに、入り口のほうから呼ぶ声が聞こえた。

「こんな時に何だ……」

兄は歯を剝《む》きだしにして振り返る。

「子どもの声のようだ」

父は怪訝そうに眉を顰める。

「すみません。誰かいませんか？　使いを頼まれたのです」

「待っていろ」

兄はそう吐き捨ててぱっと手を離すと、表のほうへと向かって行った。それほど時を置かずに戻って来た兄の手には、紐で縛った桐箱があった。

「届けものだそうだ。親父、何か頼んだか？」

「いや。誰からだ」

「坊主がすぐ近くで遊んでいたら、駄賃をやるから届けてくれと声を掛けられたらしい」

「不気味だな……どんな人だい？」

ただでさえ不幸の最中。気が弱っている父は顔を引き攣らせた。

「俺もそう思って尋ねたら三十半ばの商人風だとさ。返品にしては大層な箱に入っているしな……開けてみるか」

兄は首を傾げながら紐を解いて桐箱を恐る恐る開けた。

「これは——」

「ああ……」

兄は吃驚《びっくり》して声を失い、父は安堵の溜息を漏らした。桐箱の中には切り餅が二つ入っている。五十両である。私も何が起こったのか分からず、茫然と箱の中身を見つめた。金の横には文らしきものが添えられている。兄はそれを取ると慌てて開いた。父も横から身を乗り出して覗き込む。

「お真……」

文に目を通し終わると兄は囁くように名を呼んだ。

「はい……」

「何の相談もなく勝手に金を借りたことは悪い。だけど疑ってすまねえ。俺はてっきりよからぬことに使ったんじゃないかと……」

兄は唇をぎゅっと結んで文を渡してきた。文字を追っているうちに涙で目が霞んでくる。文にはこのように書かれていた。


この度、病の妻の薬代のため大きな商いをせねばならぬところ、五十両をお貸し頂きまことにありがとうございました。しかしながらその商い、すでに別の者に先を越されてしまい不調に終わった次第。故にお借りした五十両はもはや必要なくなったので全てお返し致します。以後は細々と商いを続けていくつもりです。お借りしておいて申すのもおかしなことですが、嘘をついて金を騙し取るような輩も沢山おります。今後はこのような話には二度と乗らぬようお気をつけ下さい。お詫びといっては何ですが、お真殿に似合うのではないかと買い求めました。詰まらぬものですが添えさせて頂きます。

涙を拭きながら顔を上げると、兄が箱を目の前に差し出していた。美しい細工の施された一本の簪《かんざし》が収まっている。

「うう……」

涙がまたとめどなく溢れる。簪を手に取ると嗚咽を漏らした。私だけに解るように書かれている。炙り屋が仕事を終える前に、あの人は何者かの手によって討たれたのだ。

自分が始末したことにして金を懐に入れてもこちらは気付かないのに、炙り屋はそうすることはなかった。裏稼業の者などはどれも浅ましいと思っていたが違うらしい。いや、あの男が特別なのだ。やってもいない仕事で報酬を受け取るのは、流儀に反するのだろう。そしてこのことであくまで結果的にではあるが、自分は殺しに加担することがなかったということにもなる。

「綺麗……」

簪には小さな珊瑚《さんご》の珠があしらわれている。

この簪の意味は何か。何のためにこんなことをしてくれるのか。

文の内容を怪しまれぬための小道具なのかもしれない。あるいは真に依頼を果たせなかった詫びなのかもしれない。だが私には、

——とっとと怨みを捨て幸せを諦めるな。

そう言っているように思えた。

「お真、これからは私たちを頼ってくれ。家族じゃあないか」

そう慈しみに満ちた声で語り掛けた父の胸に倒れ込み、声を上げて泣いた。金が戻ってきたことで、これ以上責める気も失せたのだろう。兄も優しく背を摩《さす》ってくれる。すんでのところで留まることが出来たとはいえ、人を殺めようとした自らが赦される訳ではない。決してこのことを忘れることなく、残りの一生で償い続ける。そしてもう一度だけ幸せに向かって歩み出そう。父の胸に顔をこすりつけ、そう心に決めた。

# 終章

平九郎《へいくろう》は珍しく夕刻の早い時から波積屋《はづみ》で杯を傾けていた。

飴《あめ》の味にどうしても納得がいかず、今日は仕事を休んだのである。このようなことがまだ年に一、二度はある。大抵の細工は出来るようになったとはいえ、飴屋としてはまだまだ未熟である。

「私もたまにしくじるよ」

板場の茂吉《もきち》に告げると、そう返って来た。

「茂吉さんでもか？」

平九郎は眉《まゆ》を開いた。茂吉の料理はどれを食べてもはずれは無いのだ。

「人なんてそんなもんさ。全く失敗しないなんて出来やしない。生涯修業さ」

「そうかもしれないな」

何かを極めるためには人の一生は短すぎる。故に次代に技を繋《つな》いでさらなる高みを目指す。料理は勿論《もちろん》、飴細工のようなものでもそう。剣もまた同じであろう。

長兵衛《ちようべえ》が磨き上げた技は己の躰《からだ》に宿っている。他にも幾十、幾百の男たちの技を受け継いでいるのだ。中には善人もいたし悪人もいた。ただ、その技を得るため、血の滲《にじ》むような日々を過ごしたことは変わらない。そういった意味では我が身に宿しているのは、多くの男たちの生涯そのものといっても過言ではないのかもしれない。

「お待たせ」

七瀬《ななせ》が肴《さかな》を持って来た。今日はゆっくり呑みたいため、まずは軽めのものがよいと注文していた。

「山芋か。春に珍しいな」

平九郎は箸《はし》を摑《つか》みながら言った。今はまだ己の他には一組しか客はいないが、波積屋はここから一気に混み合う。仕込みに忙しいのに、耳聡く聞いた茂吉が包丁を動かしつつ話す。

「春掘りだよ」

通常、山芋の旬は秋である。雪が溶けた後の山芋は「春掘り」と呼ばれ、秋に比べて新鮮味は劣るものの、濃厚な味なのだという。茂吉は顔を上げて続けた。

「薄く切って網で焼いただけさ。でも醬油をちょいと垂らすだけで……」

「御馳走だな」

「その通り」

茂吉は口を綻ばせて再び仕込みに戻った。

「そろそろね……」

七瀬が険しい顔で入口を見た時、まるで測ったように赤也が暖簾《のれん》を潜って入ってきた。

「よく判ったな」

「お気に入りの賭場が休みの日はこのくらい」

赤也の話を聞いているうちに、七瀬は賭場の開帳の日を覚えてしまったという。お春が満面の笑みで赤也を出迎えた。

「いらっしゃい！」

「おう。頑張っているな。酒を頼む」

「うん」

お春は弾けるような返事をして酒の支度に入った。

「あ、平さん。珍しく早いじゃねえか」

赤也は手をひょいと挙げながら小上がりまでやってきた。

「ちょっとな」

「美味そうだな」

「やろう」

短く会話を交わして平九郎は杯を持ち上げた。

差し向かいで酒を呑む。先日の勤めで金が入って懐が温かいからか、赤也は肴を多めに追加で注文した。

今回の勤めは己の負担が最も大きかった。それでも掛かった費えを引いた後に、残った金を綺麗に三人で分けた。これも掟というほどではないが、くらまし屋の決め事の一つである。今回は己だったが、依頼の内容次第では赤也が、あるいは七瀬が大きく動かねばならないこともあるのだ。

「なるほどね。そんなこともあるわな」

何故、今日は早くからここにいるかを話すと、赤也は手酌で酒を注ぎながら言った。

「お前にもあるか?」

赤也は綿を詰め、高下駄を用い、それを隠すように自然に着付けて体格や身丈まで変える。さらに巧みな化粧で顔まで別人に変えるのだ。だが真に特筆すべきは己が思い描いたものになりきる演技である。一口に武士といっても貧乏御家人から大名まで。声色や仕草は勿論のこと、架空の者のはずなのに人生まで透けて見えるのだ。御家人に化けた時などはその一挙手一投足から苦労が滲み出ているのに驚いた。そんな赤也でも失敗することがあるのかという意である。

「平さん……」

赤也が杯を置いて目を伏せたので、平九郎は何か辛いことでも思い出させたかと心配した。

「悪いけどねえ！」

ぱっと顔を上げ、赤也はにかりと笑った。

「この野郎。心配して損をした」

「俺は生まれながらの天才なんだよ」

赤也は、にししと白い歯を見せると、再び杯を手に取って呷《あお》った。

「何にでも化けることが出来、決してしくじらない男か」

「一つだけ無理だけどな」

赤也が小声でぽつんと言ったので、平九郎は眉間《みけん》に皺《しわ》を寄せた。しかしその時、追加の酒と肴を運んで来た七瀬が口を挟んだ。

「赤也はしくじっても気が付いていないんじゃあないの？　馬鹿だから」

「うるせえ。お前はどうなんだよ？」

「私だって過ちはあるわよ。でも同じ過ちは二度としないだけ」

「そうかい、そうかい」

赤也は拗《す》ねたように山芋を口に入れる。先程、呟いた赤也の顔は酷く寂しげに見えた。

一つだけ化けられないもの。それが何なのか平九郎は朧気《おぼろげ》に判るような気がした。

波積屋は今日も大繁盛で客がひっきりなしにやってくる。席が無くて入れない者が出て来るほどである。いつまでも居座っているのが申し訳なく、一刻（約二時間）ほど経った時には帰ろうとした。

「勘定は幾らだ？」

平九郎が尋ねると、お春が算盤《そろばん》を弾いた後、ちょこちょことやって来た。飲み代は赤也と折半である。

「平さんは、二百文ね」

「安いな」

これほど呑んで食ってこの値の店は、他になかなか見当たらない。しかも味が滅法いいのだから波積屋が繁盛する訳である。

「平さんはってどういうことだよ。折半だろう？」

「赤也さんは二分八匁三十文」

「何でそんなに高いんだよ。あ……」

反論した赤也であるが、何かに気付いて口を開けた。

「うん。付けの分」

「明日、でかい賭場が立つんだ。もう少し待ってくれよ」

一応はご法度。波積屋に迷惑の掛からぬように「賭場」という語彙だけ声を落とす。

十以上年下の娘に拝むようにして頼むので、周囲の客たちも噴き出してしまっている。

「駄目。常連さんは困っている時は付けでもいいけど、ある時にはきっちり払って貰うの。それが……」

「それが？」

赤也は顔の前で手を合わせたまま上目遣いに見上げた。

「波積屋の掟《おきて》」

お春はひょいと顎を傾けて微笑《ほほえ》んだ。

「あーあ……お春まで」

「赤也、一本取られたな」

平九郎が片笑みながら肩を叩《たた》くと、赤也は懐から財布ごと取り出した。

「持ってけ」

「毎度あり」

お春は押し戴くようにして財布を受け取ると、にこりと顔を綻ばせた。そのやりとりを見ていた客たちは、噴き出すだけでは堪らず、店の中がどっと笑い声に包まれた。

人が生きる限り過ちはある。人は過ちを悔いて戒める。人は戒めを己の掟として心に刻む。それは誓いとも言い換えられるかもしれない。

人の数だけ掟がある。

笑い過ぎて目尻に浮かぶ涙を拭くあの商人も、酒を噴き出してしまっている大工も、お春に歓声を送るあの棒手振《ぼてふ》りも。他人から見ればそれほど大層なものでなくとも、誰もが自らに掟を課し、それを道標に今日をもがきながら生きている。

いつまでも止まぬ笑い声に包まれながら、ふと唄声が聞こえた気がして格子窓を見た。

「どうしたの、平さん？」

「……いや、何でもない」

平九郎は客たちを見渡してふっと片笑んだ。

本書は、ハルキ文庫（時代小説文庫）の書き下ろし作品です。

時代小説文庫
い24-6

花唄《はなうた》の頃《ころ》へ くらまし屋稼業《やかぎょう》

著者 今村翔吾《いまむらしょうご》

2020年 2月8日第一刷発行
2023年10月8日第七刷発行

発行者 角川春樹

発行所 株式会社 角川春樹事務所
〒102-0074 東京都千代田区九段南2-1-30 イタリア文化会館

電話 03(3263)5247[編集] 03(3263)5881[営業]

印刷・製本 中央精版印刷株式会社

フォーマット・デザイン&シンボルマーク 芦澤泰偉



ISBN978-4-7584-4319-7 C0193 

http://www.kadokawaharuki.co.jp/[営業]
fanmail@kadokawaharuki.co.jp[編集] ご意見・ご感想をお寄せください。

今村翔吾の本

# くらまし屋稼業

万次と喜八は、浅草界隈を牛耳《ぎゅうじ》っている香具師《やし》・丑蔵《うしぞう》の子分。親分の信頼も篤《あつ》いふたりが、理由《わけ》あって、やくざ稼業から足抜けをすべく、集金した銭を持って江戸から逃げることに。だが、丑蔵が放った刺客たちに追い詰められ、ふたりは高輪の大親分・禄兵衛の元に決死の思いで逃げ込んだ。禄兵衛は、銭さえ払えば必ず逃がしてくれる男を紹介すると言うが——涙あり、笑いあり、手に汗握るシーンあり、大きく深い感動ありのノンストップエンターテインメント時代小説第１弾。
(解説・吉田伸子) 続々大重版！

ハルキ文庫

今村翔吾の本

# 春はまだか
## くらまし屋稼業

日本橋「菖蒲屋《あやめや》」に奉公しているお春は、お店《たな》の土蔵にひとり閉じ込められていた。武州多摩にいる重篤の母に一目会いたいとお店を飛び出したのだが、飯田町で男たちに捕まり、連れ戻されたのだ。逃げている途中で風太という飛脚に出会い、追手に捕まる前に「田《た》安稲荷《やすいなり》」に、この紙を埋めれば必ず逃がしてくれる、と告げられるが……ニューヒーロー・くらまし屋が依頼人のために命をかける、疾風怒濤のエンターテインメント時代小説、第２弾！

今村翔吾の本

## 童の神

平安時代「童」と呼ばれる者たちがいた。彼らは鬼、土蜘蛛《つちぐも》、滝夜叉《たきやしゃ》、山姥《やまんば》……などの恐ろしげな名で呼ばれ、京人《みやこびと》から蔑まれていた。一方、安倍晴明が空前絶後の凶事と断じた日食の最中に、越後で生まれた桜暁丸《おうぎまる》は、父と故郷を奪った京人に復讐を誓っていた。様々な出逢いを経て桜暁丸は、童たちと共に朝廷軍に決死の戦いを挑むが――。皆が手をたずさえて生きられる世を熱望し、散っていった者たちへの、祈りの詩《うた》。第10回角川春樹小説賞受賞作＆第160回直木賞候補作。